VLADARG DELSAT

# ДОРОЖЕ КРЫЛЬЕВ

2024

Copyright © 2024 by **Vladarg Delsat**

All rights reserved.

No part of this publication may be reproduced, distributed, or transmitted in any form or by any means, including photocopying, recording, or other electronic or mechanical methods, without the prior written permission of the publisher, except as permitted by copyright law.

The story, all names, characters, and incidents portrayed in this production are fictitious. No identification with actual persons (living or deceased), places, buildings, and products is intended or should be inferred.

Book Cover by **StudioGradient**

Edited by **Lyubov Pershakova**

ISBN: 978-2-1828-60610

Copyright © 2024 by **Vladarg Delsat/Владарг Дельсат**

Все права защищены.

Никакая часть этой публикации не может быть воспроизведена, распространена или передана в любой форме и любыми средствами, включая фотокопирование, запись или другие электронные или механические методы, без предварительного письменного разрешения издателя, за исключением случаев, предусмотренных законом об авторском праве.

Сюжет, все имена, персонажи и происшествия, изображенные в этой постановке, являются вымышленными. Идентификация с реальными людьми (живыми или умершими), местами, зданиями и продуктами не подразумевается и не должна подразумеваться.

Художник **StudioGradient**

Редактор **Любовь Першакова**

ISBN: 978-2-1828-60610

# СОДЕРЖАНИЕ

| | |
|---|---|
| Пролог | 1 |
| Глава первая | 13 |
| Глава вторая | 25 |
| Глава третья | 37 |
| Глава четвёртая | 49 |
| Глава пятая | 61 |
| Глава шестая | 73 |
| Глава седьмая | 85 |
| Глава восьмая | 97 |
| Глава девятая | 109 |
| Глава десятая | 121 |
| Глава одиннадцатая | 133 |
| Глава двенадцатая | 145 |
| Глава тринадцатая | 157 |
| Глава четырнадцатая | 169 |
| Глава пятнадцатая | 181 |
| Глава шестнадцатая | 193 |
| Глава семнадцатая | 205 |
| Глава восемнадцатая | 217 |
| Глава девятнадцатая | 229 |
| Глава двадцатая | 241 |
| Глава двадцать первая | 253 |
| Глава двадцать вторая | 265 |
| Глава двадцать третья | 277 |
| Глава двадцать четвёртая | 289 |
| Эпилог | 301 |

# ПРОЛОГ

*Эта непростая история могла бы начинаться так...*

Катрин была ангелом двух веков отроду, то есть совсем молоденькой. Так бывает — у кого демон народится, у кого — человек, а Катрин получилась ангелом, поэтому жила среди белых облаков, хрупко выглядевших строений и взрослых, одетых во всё белое в знак душевной чистоты. Но вышло так, что родилась Катрин на исходе новолуния, поэтому обладала странным для прочих ангелов характером.

Внимательная, сопереживающая, чувствительная девочка была бы образцом ангельского поведения, если бы не одно «но». Этой ложкой дёгтя был характер девочки — время от времени она проявляла упорство, граничащее с упрямством, а если на неё пытались надавить авторитетом архангела — директора школы, то проявлялся именно этот самый характер — Катрин начинала «шутить».

Шутки эти поначалу были прямолинейными — грабли у мужского туалета разбросать, учителю рожки создать, вилы на стул кому-нибудь пристроить, но после, по мере приобретения опыта, они становились всё изощрённее. Девочку, конечно же, ловили «на горячем», увещевали, клеймили позором, но все клейма стекали с ангельского личика без остатка, что несколько нервировало привычных ко многому учителей, принимавшихся взывать к родителям.

Родителям тоже было невесело, ибо все «шутки» первоначально Катрин оттачивала на них. От этих «шуток» ангельское терпение родителей регулярно лопалось, отчего юный ангелочек получал возможность изучать новые аспекты бытия. Но это ничему Катрин не учило, и с неангельским упорством девочка продолжала отстаивать свои личные границы, как она их понимала. Постепенно окружающие взрослые поняли бесполезность своих усилий, пока не наступил день, когда взрослые адекватные ангелы задумались, что делать с неуправляемым ребёнком.

— Ну что можно сказать... — вздохнул директор школы. — Учится она хорошо, но слишком боевитая, потому предлагаю её в хранители перевести.

— Она уж нахранит, — прокомментировал тот самый учитель, что собрал все «шутки» своей ученицы, включая грабли и вилы, а некоторые и по два раза. — Мы людской мир потом не разгребём.

— Людской мир и так справляется — то эпидемия, то война, — мрачно сообщил глава наблюдателей, куда первоначально планировалось отдать Катрин, отказавшийся от такой «бомбы с крылышками».

Сама же Катрин хотела лишь, чтобы никто не нарушал её личных границ, не говорил, что ей делать, и шёл туда, куда она послала. Но взрослые, считавшие себя адекватными ангелы не хотели идти туда, куда их посылала совсем ещё юная по меркам ангелов девочка, они хотели показывать ей другие аспекты бытия стимуляционными методами, против чего Катрин возражала просто категорически, не оставляя выбора вышеназванным взрослым.

Родители на школу-интернат Хранителей были целиком и полностью согласны. Они, можно сказать, сильно радовались именно такому варианту, всячески поддерживая архангела, что вызывало у того несвойственную ему жалость. В свою очередь, ему было понятно поведение девочки, которое от неё не зависело, но тут нужно было выбирать — или вилы в заднице, или ангельская малышка. Учитывая, что есть архангел предпочитал сидя, то судьба Катрин была предрешена.

Сама же девочка сейчас потирала настимулированное место, взглядом обещая всем стимуляторам страшную месть. Но так как была она в этот момент дома, а родители

— как раз нет, то обещания её пропали втуне. То есть обещающего взгляда этого пока никто не видел, отчего добавки не последовало. Этот результат Катрин, в общем, нравился, в отличие от стимуляции её мыслительных способностей, по мнению взрослых ангелов, которые просто напрашивались на удаление перьев и стрижку поверхностного слоя пуха в местах его произрастания.

Катрин чертёнком не была, она просто не любила зануд, а ангелы... Они всегда знали лучше, как ей жить, что делать и что говорить, а этот факт сильно раздражал, отчего и появлялись на свет различные «шутки». Она, конечно, подозревала, что рано или поздно вопрос решат радикально. Однако девочка, сохранившая веру во взрослых и справедливость, не учитывала, что зло можно творить и во имя блага, а несмотря на то, что все вокруг были ангелами, их святости это вовсе не означало.

Увидев возвратившихся с улыбками родителей, Катрин сначала обрадовалась им, но потом насторожилась: слишком радостными были эти улыбки, отчего в ангельскую душу Катрин закралось подозрение, что от неё решили избавиться. Воображение сразу же нарисовало адские котлы так, как изображало их школьное образование, отчего девочка моментально побледнела, лицом сравнявшись с крыльями.

У любившей хорошую пакость Катрин было вполне развито и воображение, и некоторое предвидение, поэтому юный ангелочек несколько испугался, но родители её были так рады найденному решению, что не обратили внимания на состояние девочки.

— Ага! — воскликнул, увидев её, папа. — Ты тут, отлично!

Подозрение у девочки медленно перерастало в твёрдую уверенность. Глаза Катрин наполнились слезами, размывающими перспективу. Она же не желала ничего плохо, только чтобы её в покое оставили! За что в ад?!

— Да, — кивнула мама и, ещё раз улыбнувшись, бросила дочери: — Быстро собирайся!

Спасительный обморок принял девочку, сильно испугавшуюся радости родителей. Почему она подумала именно о плохом, так и осталось неизвестным...

*Эта история могла бы начаться и так...*

Директор школы Ангелов-Хранителей архангел Атарам молча слушал, что ему рассказывал штатный целитель. Хотелось выругаться, но ангелам это было нельзя, впрочем, в отношении Хранителей действовали совсем другие правила. Но ругаться архангел не стал, вместо чего снова погрузился в изучение бумаг юной курсантки, принудительно переведённой в школу, чего обычно не случалось.

— По бумагам — сущий чертёнок, — заметил целитель. – Но тут есть нюансы.

— Да я уж вижу, — кивнул Атарам, переворачивая лист. — Объективно — чистая душа, добрая, непредвзятая, безжалостная к себе, чувствительная...

— Скорей всего, ждёт этого же и от других, — хмыкнул ничуть не удивлённый целитель. — Доставлена сюда в состоянии паники, едва смогла прийти в себя, ну и смотрит, как потерянный котёнок.

— Да, видимо, её серьёзно запугали, — вздохнул архангел, таких методов очень не одобрявший. — Характеристика серая, в пятнах, чего быть не может при такой душе, отметки о стимулирующих воздействиях, что не принято, в общем...

— Нужно блюстителям дать задачу разобраться, — всё понял целитель, тяжело вздохнув.

В понимании людей, ангелы — святые и безгрешные, на деле же это совсем не так, поэтому и существовали блюстители. Просто отдельные расы что ангелов, что демонов были приставлены Творцом к делу ещё в незапамятные времена, но именно святости он им и не дал, ибо все три расы обладали свободой воли. Творец решил не повторять уже пройдённое однажды, а поэкспериментировать. Так и возник этот не самый обычный мир, где выбор был у каждого. И именно поэтому прежняя школа и родители девочки могли поиметь немало сложных минут.

— Определяем её во второй класс, — решил архангел. — Она, как в себя придёт, будет к отчислению стремиться, потому нужен будет наставник с железными нервами. Такой, как Авиил, например.

Целитель в школе был заместителем директора, поэтому имел довольно много прав. Впервые увидев Катрин, пожилой ангел задумался, потому что девочка выглядела совсем не хулиганкой, а, скорее, забитой. Впрочем, целитель подозревал, что это может быть игрой, но решил дать юной ангелице шанс показать своё истинное лицо.

*И даже так могла начаться история об ангеле по имени Катрин...*

Катрин всё не могла прийти в себя. Проплакав всю ночь в медпункте новой школы, куда её сослали, девочка обдумывала ситуацию. Приняв факт того, что родители её предали, Катрин решала, как жить дальше. Понятно было, что опереться ей не на кого, кроме себя самой, как не стоит и доверять кому-либо. Именно поэтому, оказавшись в небольшой комнате среди четырёх пока пустых коек, девочка попыталась взять себя в руки. Плакать, конечно, всё ещё хотелось, но, трезво поразмыслив, Катрин поняла: могло быть и хуже. А хуже не хотелось.

Внимательно осмотрев теперь уже свою комнату, девочка обнаружила свои вещи — привычную школьную сумку, небольшой чемодан и пакет, как ей объяснили, с новой формой. В новой школе почему-то очень любили пугать. Её испугала даже не вероятность привычной стимуляции, а то, что об этом не говорили прямо. В то, что здесь не убеждают с помощью той или иной формы боли, она не верила. Весь её опыт говорил о том, что взрослым гораздо проще убеждать детей в чём-либо именно болью. Хорошо ещё, если боль была физической, но вот когда её заменяли душевной — это было горше всего. И вот теперь эта школьная неизвестность просто пугала.

Катрин очень не любила, когда её что-то пугало, она при этом становилась крайне агрессивной, поэтому уже сейчас планировала пакости. Добрый целитель объяснил девочке, что детей в ад не ссылают, а так как это было единственным, чего боялась Катрин, то «они» были сами виноваты. По мнению юной ангелицы, ей нужно было всего только добиться отчисления, чтобы вернуться в привычную среду, и вот тогда... Тогда предатели-родители пожалеют!

Обдумывание планов мести было прервано раскрывшейся дверью. На пороге обнаружился молодой ангел, и что характерно, мальчик с интересом посмотрел на девочку. Был он высок, хорош собой, но вот это вторжение в спальню, которую девочка уже считала своей, вдруг взбеленило Катрин. Тихо зарычав, она встала с кровати, на которой уже почти вольготно расположилась, и медленно двинулась к нарушителю спокойствия.

— Привет, новенькая, — спокойно произнёс вторженец, ещё не понимающий, что его ждёт.

— Ты что здесь забыл? — вибрирующим низким голосом поинтересовалась Катрин и в следующее мгновение налетела на молодого ангела, используя методы общения ведьм, если судить по школьным урокам — вцепиться в волосы, выцарапать глаза...

От неожиданности ангел опешил, затем попытался оторвать от себя внезапно озверевшую девочку, но получил ногой в чувствительное место и временно прекратил сопротивление. Через некоторое время тяжело дышавшая Катрин закончила изливать своё недовольство вторжением и принялась готовиться к карательным мерам.

— М-да, как-то так я и предполагал, — раздался спокойный голос школьного целителя. — Успокоилась?

— Ага! — кивнула Катрин, стараясь держаться так, чтобы за спиной была стена.

— Очень хорошо, — покивал пожилой ангел, спокойный, как стена рядом с ним. — И что успел натворить наш новый учитель спортивного развития?

— Без стука вошёл, — автоматически ответила девочка, лишь потом сообразив, что услышала.

«Учитель!» — Катрин непроизвольно побледнела от накатившего понимания. Что с ней за это могут сделать, девочка даже не представляла, уже совершенно взрослым не доверяя. Это увидел и целитель, понявший, что ребёнка просто-напросто довели, пытаясь загнать в жёсткие рамки, и в конце концов, в её понимании, предали. Положа крыло на грудь, и целитель бы принял ситуацию предательством, с чем ангелы-блюстители были согласны, разбираясь что с прежней школой, что с родителями.

— Ну, пойдём, — вздохнул пожилой ангел, протянув руку Катрин. От этого жеста девочка попятилась, но затем, видимо, взяла себя в руки и, взглянув обречённо из-под полуопущенных ресниц, сделала шаг вперёд.

Куда её ведут, Катрин представляла. Родители её пугали исправительными школами для юных ангелов, поэтому девочка понимала, что сейчас ей будут делать очень-очень больно, да так, что сама душа будет корчиться и трястись в муках. Но Катрин осознавала, что сопротивляться бесполезно — она гораздо слабее этих взрослых. Именно поэтому покорно шла рядом с целителем, готовая принять уже муку, а в том, что это будет именно мука, девочка совершенно не сомневалась.

Приведя ребёнка в медпункт, целитель аккуратно, стараясь не напугать ещё больше, напоил девочку успокоительным отваром и уложил Катрин в постель, давая возможность поспать, — ей, по его мнению, это было надо. Ребёнок реагировал неправильно, не должна была девочка реагировать именно страхом и обречённостью, как и не должно было быть агрессии на незнакомого мужчину. По мнению пожилого человека, в семье ребёнка стоило вдумчиво разобраться, поэтому счастливые оттого, что избавились от Катрин, родители радовались очень недолго.

— И молодого тоже прибрать надо, — вспомнил о невинной жертве пожилой целитель.

Необходимо было привести того в порядок, объяснить, почему плохо входить в спальню девочек без стука, и уволить, ибо слух о том, что новенькая побила учителя, уже, наверное, пошёл гулять по школе — интернат же. А раз слух есть, то авторитета у молодого уже нет, что, в свою очередь, означает — Катрин вышибла учителя. Неплохой результат для первого дня, неплохой.

Улыбающийся целитель отправился в обратный путь, убирать намусоренное.

*Так могла начаться эта история, но для ангела Катрин началась она совсем иначе.*

## ГЛАВА ПЕРВАЯ

Я открываю глаза, вокруг меня, как и положено в медпункте, — спокойные зелёные цвета. Зачем целитель меня привёл сюда, а не наказал, хотя я уже была готова — не знаю. Люди считают ангелов непогрешимыми и всегда правыми, вот только они не знают, как достигается этот результат. Да и незачем им знать... Демонов — ну, тех, которые в аду — наверное, так же на злобность дрессируют.

Итак, я открываю глаза, вокруг тихо и спокойно. Когда я поняла, что мои родители от меня просто избавились, то во мне что-то будто сломалось. Нам говорили, что родители всегда должны быть на стороне ребёнка, но это не так даже у ангелов. Я же всего лишь хотела, чтобы мне не мешали развиваться так, как я этого хочу... А вместо того чтобы понять, меня выкинули. Что же...

Интересно, как много ещё откровенной лжи в том, чему нас учат в школе?

Теперь я курсантка школы ангелов-хранителей. Всё, что я о ней знаю, — здесь жёсткая дисциплина, и всякое неповиновение усмиряется очень жестокими методами, вот только последние сутки противоречат этому знанию. Я избила учителя, а меня за это не наказали, даже более того, напоили успокоительным отваром и дали просто поспать. Это так непохоже на то, что я знаю о школе... Поэтому мне немного страшно — я просто не знаю, чего теперь ждать. Можно сказать, что целитель разбил всё то, к чему я себя готовила...

— Проснулась? — слышу я голос того, о ком только что думала. — Можешь вставать.

— Что со мной будет? — тихо спрашиваю я его, выполнив команду.

— Ничего не будет, — вздыхает целитель. — Мы решили, что бывший учитель виноват сам, поэтому ты была в своём праве.

— Как?! — я поражена, у меня просто слов нет.

Впервые! Впервые за всю мою жизнь взрослые признают свою неправоту, да ещё таким образом. Подняв взгляд на целителя, вижу, что он улыбается... Но почему? Я совершенно не понимаю происходящего, однако, повинуясь его жесту, двигаюсь в сторону двери. Он что же, так просто меня отпустит, и всё?

Меня действительно никто не останавливает,

позволяя двигаться в сторону своей спальни. Тут память подбрасывает вид четырёх кроватей в небольшой комнате, это значит, что личного пространства будет с гулькин нос. Дома я хотя бы в своей комнате спрятаться могла, а тут на долгие годы не будет даже этого. Значит, нужно как-то ужиться с соседками, другого выхода нет.

С такими мыслями я иду по пустым коридорам школы. Несмотря на проведённую экскурсию, помню я только путь из спальни в столовую, поэтому иду медленно, выискивая ориентиры. Меня перевели в школу ангелов-хранителей за неделю до начала занятий и тогда же сюда и доставили, показывая всю мою «нужность» дома, да и «любовь» родительскую тоже. Странно, наверное, как ангелы могут лгать... Как оказалось, могут, как они выражаются, «для моего блага». Возможно, они и ложью это не считают, но я-то считаю...

Вот и знакомые места, отсюда я уже знаю, как дойти до спальни. Иду спокойно, задумавшись. Подумать есть о чём, потому что, получается, наказание тут вовсе не обязательно, нужно только быть «в своём праве». Значит, буду экспериментировать, чтобы вылететь из школы. К сожалению, это можно сделать только по поведению, потому что фиксированных сроков обучения нет. Пока Мастер не признает, что курс освоен, так и будешь болтаться на нём, как облако в глазу урагана.

Пора признать — детство закончилось. Но мне очень не хочется, чтобы оно заканчивалось, поэтому я буду сопротивляться этому факту, как умею, а умею я хорошо. Если меня отчислят из этой школы, то родители будут вынуждены взять обратно, а там они за своё предательство заплатят. Пусть я и ангел, но память у меня хорошая, да и сказано было: «Око за око». Вот пусть теперь не плачут.

Комната пуста. Четыре кровати вдоль стен, посередине — стол с четырьмя стульями, то есть гостей не предполагается, четыре небольших комода с ящиками, видимо, для вещей. Кстати, надо разобрать вещи. Ещё что? Дверь в санузел, дверь в душевую, насколько я вижу, заглянув внутрь, — на четыре рожка. А унитаз один. Интересный подход, но неудивительный.

Присев на кровать, у которой стоят мои вещи, я вздыхаю. Надеюсь, жизнь здесь будет недолгой, и всё снова возвратится к привычной норме. А пока надо разложить вещи, врага о своих намерениях предупреждать нельзя. А они все для меня теперь враги — все взрослые, разве что кроме целителя... Хотя кто его знает, что за цели у него, правильно?

Я подтаскиваю к себе поближе чемодан, открываю его, начиная перекладывать вещи. Сначала трусы, майки, рука натыкается на бюстгальтер. Только вот в чём проблема — ангелы физически созревают медленнее людей, и эта деталь туалета мне понадобится ещё очень нескоро. Какой вывод из этого можно сделать? Да понятно, какой. Бюстгальтер — это посыл: «Не возвращайся».

Уже с тяжёлым сердцем продолжаю разбирать вещи — и зимние, и летние, и те, которые «на вырост» по покрою, всё больше понимая — меня выкинули. В душе зарождается холодная ярость. Вы что думаете, если ангел, то уже и разозлить нельзя? Это всё фантазии, ещё как можно! Вот меня сейчас разозлили, да так, что я готова всё разнести. Но это ещё не всё...

На самом дне чемодана я нахожу копию документа. Несмотря на то, что папирус в защитной упаковке, я вижу — это копия, хоть и тождественная оригиналу. Так вот, там написано, что школе даётся фактически полная власть надо мной. Это называется «передача права на опеку» и случается очень редко. Доселе я думала, что так бывает только с сиротами... Ну ничего, мы ещё посмотрим, кто кого! Вы меня ещё узнаете!

Спустя мгновение я плачу. Не понимая, за что со мной поступают именно так, я плачу, обняв себя крыльями и ощущая просто полнейшее, бесконечное одиночество. Как эти... ангелы... могли так поступить? Как?! Почему Сила Творца не наказала их? Или же правду говорят, что закон есть только для взрослых, а мы бесправные? Ну, это мы ещё посмотрим!

По идее, за такое родителей должно было хорошенько приложить, потому что законы же существуют, а раз не приложило, то законы не для меня. Почему-то я абсолютно уверена в том, что их не приложило. Значит, теперь мой ход, они все пожалеют, что связались со мной. Даже если мне будут делать очень больно, я не отступлюсь, потому что это — моя жизнь. Жизнь, в которую нельзя вступать слабой.

Теперь они все узнают, как плохо было злить Катрин, меня, значит... Я просто сделаю их жизнь невыносимой! Но это значит, в том числе, что пакостить надо будет аккуратнее, в идеале, чтобы вообще не поймали. Я научусь!

Форма как на меня сшита, хоть и раздражает неимоверно одним своим наличием, ведь я не люблю быть «как все». Ничего, я что-нибудь придумаю, ещё не вечер. Светло-серая униформа состоит из блузки, пиджака и юбки, что раздражает ещё сильнее — я штаны люблю. Но не принято, видите ли... Лааадно.

Зачем я её нацепила?.. Ах, да, через полчаса построение во дворе школы по поводу начала учебного года. Как ни странно, но соседок у меня почему-то по-прежнему нет. Боятся, может, что я их так же, как бывшего уже учителя? Нет, здесь что-то другое. Вот подселят ко мне старшеклассницу, и начнёт она меня давить, а я... а я ей жизнь испорчу. Может, им просто жалко ни в чём не повинных школьниц?

Подумав так, я с опаской смотрю на потолок — всё-таки за гордыню наказание неотвратимое и моментальное. Но раз ничего не случилось, значит, не гордыня. Всё равно, аккуратнее надо быть, наказания Творца бывают очень разными. Хотя, может быть, это я — их наказание? Ой... Зря я так подумала! Зря!

С потолка срывается тонкая молния, довольно болезненно ужалив туда, где спина меняет название, отчего я вскрикиваю и потираю это многострадальное место. Надо подумать о чём-нибудь другом. Например, о том, как будем портить жизнь окружающим. Вилами, я думаю, несерьёзно, да и кто знает, получится ли? Должны же они были хоть что-то предусмотреть? Но попробовать будет необходимо.

Судя по часам, висящим над входной дверью, мне стоит поторопиться. Всё-таки, вряд ли рассказы о дисциплине — просто сказки. Поэтому я выхожу за дверь спокойно направляясь в сторону выхода из школы, хотя на самом деле это не выход, это просто площадка, огороженная Туманной Завесой, сквозь которую и архидемон не пройдёт... Опять вспоминаются легенды человеческого мира, не знающего, что на самом деле и ангелы, и демоны — просто разные народы, такие же как и люди, но есть и отличия...

Наш мир создан Творцом по образу и подобию Изначального, но ангелы и демоны не призваны, как это принято думать, а созданы, как и люди. Со своей свободой, своими проблемами, но и более строгими законами. Ангелов судят по помыслам и душе, демонов — не знаю, как. Вот, например, я могу быть не самым идеальным ангелом, но пока я умею сопереживать, не радуюсь чужой боли, и там ещё целый список, чего «не», то я — ангел, и наказывать меня не за что, с точки зрения Закона Творца. А вот с точки зрения ангелов... Впрочем, не будем сейчас о грустном, потому что они, ну, взрослые, как раз любят интерпретировать законы, загоняя всех под один стандарт, а мне это претит... За что и страдаю.

Вот и плац, на котором ровными рядами выстраиваются ангелы. Интересно, а меня куда? Я вообще в каком классе? Если по возрасту судить, то в шестом, а по статусу — в четвёртом. Поэтому теряюсь и не знаю, куда идти. Вот сейчас и узнаю, наверное, насколько правда то, что о дисциплине рассказывают.

Я вижу какого-то старшеклассника, стоящего рядом с трибуной. Он улыбается, чуть раскрывает крылья, и меня сразу же несильно бьёт молнией, заставляя отпрыгнуть, потом ещё и ещё, явно гоня куда-то. Слева и справа слышатся смешки, старшеклассник начинает улыбаться сильнее, будто наслаждаясь ситуацией, и тут откуда-то из синей глубины небес прилетает уже ему.

Получается, он действительно наслаждался моей болью и моим униженным положением, потому что выглядит Воздаяние, как ревущий столб огня, после которого остаётся только упавший на колени бескрылый ангел. Лишение крыльев — это очень суровое наказание, очень, суровее него — только высылка в ад. Рядом с провинившимся появляется суровый ангел в бирюзовой форме блюстителя, после чего исчезают оба, а я ловлю на себе испуганные взгляды. Интересно как... Но, несмотря на произошедшее, я вызываю у себя сочувствие к оступившемуся собрату, чтобы не последовать за ним. Это не ложь, поэтому всё получается. Искренние же чувства, просто не надо думать о том, что так ему и надо, я не судья, чтобы судить...

После этого я уже и сама понимаю, куда мне надо идти, поэтому спокойно пристраиваюсь к небольшой группе школьников, негромко поздоровавшись с будущими соучениками. На меня смотрят с интересом, наверное, пытаясь оценить, почему именно я вызвала такое странное поведение старшеклассника. Мне это, правда, и самой интересно, но я молчу, приветливо улыбаясь... Ну и намечая жертвы, конечно.

— Привет, — улыбается мне ангелица с необычными для ангелов карими глазами. — Меня Моника зовут, а тебя как?

— Привет, Моника, — отвечаю я ей. — Я — Катрин, будем знакомы!

А чего не улыбнуться в ответ? Хорошая же девочка, по всему видать, может быть, даже не буду над ней шутить. Или буду, но мягко... Потом решу, потому что раздаётся резкий звук, после которого все стремятся занять свои места. По крайней мере, мне так кажется. Движение на плацу едва заметно глазу, но через минуту или две, сколь хватает глаз, выстроены серые разновозрастные ряды.

На трибуне появляется статный архангел, мне, впрочем, неинтересный. Или интересный? Это же директор, по идее. Интересно, если ему гремлинов в кабинет запустить, он меня отчислит? Делаю заметку в памяти: выяснить, где бы тут гремлинов наловить. Сейчас архангел вещать начнёт. Наш вещал о необходимости хорошо учиться, этот, наверное, то же самое петь будет. Не уважаю я взрослых больше, они своего, можно сказать, добились.

— Курсанты! — начинает свою речь директор, странно, но я не слышу фальши в его голосе. — Мы рады приветствовать вас на празднике начала нового учебного года! Пусть начался он с прискорбного события, в котором мы ещё будем разбираться, но ничто не отменит праздника.

— Ура-а-а-а! — начинают хором кричать старшие классы, а мы молчим, потому что не знаем, что это за «праздник».

— Сейчас старшие проведут младших по школе, — продолжает свою речь архангел. — У каждого младшего будет свой помощник из старших...

Хочу схватиться за голову. Знаю я этих помощников,

был у меня такой в первом классе, чуть что — за душестимулятор хватался. А это больно, когда внутри всё гореть начинает, лучше бы бил, что ли... Интересно, а эти «помощники» будут бить или как-то иначе вразумлять? Они же понять даже не пытаются... Вот почему так? Непонятно. Кажется же — сами такими были, почему им хочется вбить всех в какие-то жёсткие рамки?

## ГЛАВА ВТОРАЯ

Утро начинается с истошного визга. Подскочив на кровати, я соображаю, что это такой будильник в этой школе. Помянув всех демонов, которых вспомнила, плетусь в душ. Соседок у меня по-прежнему нет, что странно с одной стороны, но хорошо с другой — не нужно привыкать к чужим ангелам и допускать их в своё личное пространство. Я по натуре — одиночка, потому что доверять не спешу... Ну и, учитывая, что меня предали самые близкие люди, трудно ожидать доверия. Наверное, буду учиться заново доверять.

Пока моюсь, вспоминаю прошедший день. Праздник был действительно праздником — в ангельской интерпретации этого слова, что означало — нудные речи, поучения, сладости и шипучие напитки. Как я понимаю — напоследок, чтобы было что вспомнить. Хотя в поведении взрослых мне и почудилась вчера забота, но это, скорей всего, мне только показалось, потому что я ещё полностью не приняла факт того, что сделали... родители. Какой же ребёнок не хочет быть любимым?

Если я правильно помню, у меня не так много времени, хотя вроде бы в первый день нет зарядки. А если и есть, то я её уже пропустила, да и гори она... Хуже уже не будет. Почему-то сегодня мне очень невесело, то ли устала, то ли злюсь. Скорей, второе, чем первое, потому что не с чего мне уставать, пора стремиться к отчислению. А боль... А что боль? Больнее, чем мне сейчас, они все вряд ли смогут мне сделать. Нет у них таких сил, я это точно знаю.

Так... Надо вспомнить, о чём вчера говорили. Сначала в столовую, затем на занятия... А на какие? Не помню, значит, кого-нибудь спрошу. Но в первую очередь следует поесть, потому что кто знает, как здесь вообще кормят. Сбежать отсюда точно нельзя, я во время «праздника» проверила. На днях ещё проверю, потому что очень не люблю замкнутые пространства. А тут вся школа замкнута...

Столовая представляет собой мешанину столиков, за которыми уже сидят явно голодные, судя по глазам, школьники. Оглядываю длинное и узкое помещение, не сразу заметив машущую мне рукой Монику. Натянув на лицо улыбку, я иду к ней как к самому простому источнику информации. Помню, как нас пугали открытостью наших помыслов перед Творцом, а потом я нашла в библиотеке книгу, сводившуюся к простому тезису: «Делать ему больше нечего». То есть только серьёзные нарушения сразу же наказываются, а на личное пространство Творец не замахивается. В отличие от слуг своих, ибо и ангелы, и демоны служат Творцу. Интересно, а почему их за гордыню не нахлобучивает?

— Привет, — улыбаюсь я Монике. — Как спалось?

— Грустно, — вздыхает она, с тоской посмотрев вдаль. — Садись...

— Спасибо, — благодарю я, усаживаясь на жёсткий стул и оглядываясь по сторонам. — А кормить тут будут?

— По команде... — ещё грустнее отвечает мне девочка примерно моего возраста. — И времени будет немного... Тоже вчера не слушала?

— Ты тоже?! — удивляюсь я, не понимая, откуда тогда взялась информация. — А...

— Никто не слушал, — тихо всхлипывает Моника. — Куратор с утра в комнату приходил, подвесил вверх ногами и рассказал... Я домой хочу...

— Так нас и отпустят, — криво усмехаюсь в ответ, но соседка отреагировать не успевает, так как звучит сигнал, похожий на тот, что поднял меня с кровати.

Спустя мгновение перед каждым появляется его, насколько я понимаю, порция... хм... еды. Сильно подозреваю, что тот, кто не доест, так или иначе пожалеет. Похоже, что за ночь моё доверие ко взрослым атрофировалось полностью. Ладно, чем нас кормят?

Хлеб, масло, манная каша. Интересно это тем, что, во-первых, набор продуктов людской, а не ангельский, а во-вторых, самим набором. Так, по-моему, у людей кормят детей, у ангелов пища всё-таки больше растительная, не демоны чай. У демонов, кстати, мясо, и часто сырое, нам в школе рассказывали. Теоретически от человеческой еды плохо стать не должно, но, конечно, страшновато — я такое ещё не ела с утра. Впрочем, выбора нет...

Лишь проглотив первую ложку, я понимаю, что именно сделали коварные наставники: еда у нас вполне привычная, но выглядит, как человеческая. Обман, строго говоря, но в мире взрослых всё обман, поэтому неудивительно. Хотя мысль мне подали интересную, надо будет почитать о том, как это можно сделать, и вот тогда... тогда я развернусь! Тогда они все ещё пожалеют...

Почему у меня такое ощущение, что я сейчас расплачусь? Становится как-то вдруг горько на душе, как будто ударили словом, как взрослые умеют. Даже Моника заметила, смотрит на меня с тревогой, но я натягиваю на лицо улыбку. Я натягиваю эту улыбку, чтобы никто не догадался, как мне тоскливо. Отчего это со мной? Что произошло? Я не понимаю. Не было же такого никогда!

Доесть я успеваю, по наитию схватив два куска хлеба перед тем, как все тарелки исчезают. Вот оно что... Времени на еду немного даётся, и тот, кто долго думал, останется голодным. Не скажу, что интересно, скорей, жестоко. Но у взрослых, как всегда, есть какое-то объяснение или даже великая цель. Если их сверху не приголубливает, значит, цели должны быть. Тут мне представляется, что каждого, кто думает, как бы сделать жизнь школьников горше, молния бьёт. Даже хихикнула тихо — очень приятное зрелище, на мой взгляд.

— Не знаешь, какие у нас уроки? — интересуюсь я у Моники, с некоторым сочувствием слушая разочарованный стон, пролетевший по залу. Сразу видно, кто здесь только начал учиться. Учтём.

— На второй этаж надо, — отвечает мне она. — Там вводный урок и расписание раздадут. А потом я родителям напишу...

— Если сбежать хочешь, то шансов мало, — делюсь я с Моникой своими выводами. — Но попробовать можно.

— Ты что! — машет она на меня руками. — Сюда попасть — везение огромное! Просто напишу, а ты своим писать будешь?

О, Творец, как удержаться от слёз? Я даже кулаки сжимаю, стараясь сформулировать ответ так, чтобы не солгать. Не люблю врать, лучше уж недоговорить, чем потом запутаться, поэтому быстро пытаюсь что-то придумать, но Моника просто кивает, по-хозяйски берёт меня за руку, уводя в сторону дверей. Я даже не сопротивляюсь, пытаясь понять, что это только что произошло?

Что вообще происходит со мной? Я же всегда улыбчивая, спокойная, а сейчас два раза уже чуть не заплакала. Может, отравили чем? Или на меня так подействовало предательство... родителей? Нужно брать себя в руки, нужно. Пока иду, можно немного помечтать — вот выгонят меня, вернусь я домой и буду показывать родителям пятый угол, им он точно нужен!

Самое интересное то, что нет наказания за помыслы. Тут одно из двух: либо намерение — вовсе не значит действие, либо я в своём праве. То есть нам в школе опять лгали, получается. Интересно, правда? Вот и мне интересно, даже очень. Почему старшеклассника наказали, да ещё и так жёстко, а меня — нет? Жаль, спросить некого, придётся своим умом доходить.

Вот и кабинет, обычный такой классный кабинет — стул преподавателя, пустой, кстати, стол, доска, ряды парт. Моника идёт к первой парте, занимая и мне место, я же достаю из кармана вилы. Маленькие, конечно, они потом увеличатся, если на них сядут. Родители-то вещи перебрали, но вот заглянуть во внутренние карманы моей одежды никто не догадался. Поэтому некоторый запас имеется... Итак, Моника уселась за парту, откуда наблюдает за мной большими круглыми глазами, я же присаживаюсь на корточки, начав аккуратно приращивать вилы на их законное место.

Почему-то не получается. То ли приращивалка отсырела, то ли вилы некачественные. Я пыхчу уже от негодования, а щелчка постановки на «боевой» взвод всё нет. Я не могу просто так уйти, поэтому иду на риск — концентрирую силы на вилах. Тут очень важен контроль, потому что одна ошибка — и что угодно произойти может. Убить не убьёт, но больно будет. А кто же боли-то хочет?

— Что, не получается? — тихо интересуется кто-то рядом, на кого я даже посмотреть не могу, потому что контроль. — И не получится.

— Всё получится, — возражаю я ему, приподнимая руку для лучшей концентрации. — Да что же это такое?! Как заговорённые!

— Молодец, курсант Катрин, — уже громче произносит непрошенный сосед. — Можешь идти на место.

Тут я оглядываюсь, чтобы увидеть то, что и так уже было понятно. Рядом со мной обнаружился взрослый... Ну вот как мне могло так не повезти, как? Судя по всему, это моя несостоявшаяся жертва, но он совсем не сердится, а, распрямившись, ждёт моей реакции. А я что?

Делаю независимое выражение лица, я умею, перед зеркалом тренировалась! Так вот, приняв независимое выражение, спокойно отправляюсь за парту, обдумывая уже и план «Б». Моника смотрит на меня... вот трудно сказать, как именно, я это выражение интерпретировать не могу. Но спросить не успеваю — учитель начинает урок.

— Итак, меня зовут Авиил, я — ваш наставник, —

сообщает учитель. — Пока вы пытаетесь запомнить моё имя, у меня вопрос: что вы поняли за завтраком?

Воцаряется молчание, насколько я понимаю, большинство вопроса не поняли. Молчу и я, чтобы заучкой не прослыть, потому что вода дырочку найдёт, а быть ещё и битой мне совсем не нравится. Некоторое время Авиил ещё ждёт, но, как-то поняв, что я сообразила, утыкает взгляд в меня.

— Курсант Катрин, — зовёт он. — Ну-ка, скажи-ка мне, что ты поняла за завтраком?

Что поделаешь, надо отвечать, прослыть дурой мне не хочется.

— Нельзя делать выводы по внешнему виду, — отвечаю я прописной истиной, в надежде, что вольный ответ будет принят благосклонно.

— Очень хорошо! — радуется учитель, ставя меня в тупик.

Ангелы очень любят формальные ответы, соответствующие установленному порядку, а тут, получается, и просто ответить можно? Это необычно. Я-то хотела просто спровоцировать, чтобы сравнить, потому что за неформализованный ответ обычно просто читают нотации, но не вышло. Как и, похоже, за попытку пристроить вилы. Но вилы — это первая попытка, банальная, можно сказать, у меня ещё много придумок есть, как жизнь сделать веселее.

Урок сводится к рассказу о том, что нас ждёт, тут

почти ничего нового, а заканчивается демонстрациями приёма «иллюзия». На следующем уроке учитель обещает проверить, как мы освоим этот приём. В отличие от предыдущей школы, здесь мне хотя бы интересно, и нет постоянных попыток загнать меня в какие-то рамки. По крайней мере, я их пока не вижу.

Можно сказать, я удивлена — совсем не занудный урок оказался, даже меня сумел увлечь, хотя я же настроена на отчисление. Ну и ещё прозвучала фраза о том, что мы должны понимать, а не пугаться. Что учитель имел в виду? Учитывая утро Моники, я не спешу с выводами. Хотя появляется надежда на то, что здесь не... не демонстрируют другие грани бытия, образно говоря. Ничего, посмотрим, как у них с нервами.

Выходя из класса вслед за Моникой, я оставляю стреляющие вилы на косяке. Видимо, эта часть двери не заговорена, отчего маленькие вилы ложатся, как будто тут и росли. Вспомнив, о чём говорил наш куратор на уроке, я пытаюсь наложить иллюзию. Правда, результата не знаю, нельзя надолго останавливаться — что-то заподозрят, а мой сюрприз должен быть именно сюрпризом.

Вот теперь посмотрим, как у них со словами и делами. А пока у нас следующий урок, правда, не знаю, какой, но зато знает Моника, за которой я и следую. Страх, появившийся от мыслей о последствиях, я давлю внутри себя, не первый раз же... Боль, даже душевную, пережить можно, а возможность убедиться в том, что эта школа ничем не отличается от предыдущей, — бесценна.

У ангелов почему-то не поощряется инициатива. Есть инструкция — вот по ней и надо действовать, а думать самому необходимости нет. А я не хочу так, зачем-то же мне голова дана? Не только же, чтобы в неё есть, правильно? Вот и посмотрим...

— Что у нас сейчас? — интересуюсь я у Моники, устроившись за первой партой.

— Этика... — вздыхает она, и я понимаю её.

Этика — это час сплошного нудёжа. Будут нам занудно рассказывать, что можно, а что нельзя, как будто это кому-то интересно. Пока ещё не раздался сигнал к началу урока, я оглядываю одухотворённые лица соучеников. Кто знает, насколько это выражение на их лицах искреннее... Но вот есть у меня ощущение, что это всё игра. Они оторваны от дома, от родителей, чему тут радоваться?

Выложив дневник на стол, отмечаю его вибрацию, что означает появление новых записей. Открываю, чтобы поинтересоваться, восхищаясь оперативности реакции. Сейчас я узнаю, чем для меня закончились мои эксперименты... Руки чуть дрожат, всё-таки я ещё ребёнок, хоть по людским понятиям и лет около четырнадцати, но страшно немного, всё-таки боли я не люблю, особенно душевной.

На странице текущих отметок в глаза бросается

жирная девятка с замечанием: «За освоение материала и навыки скрытности». Оценка максимальная из положительных, комментарий тоже положительный. Значит, меня что? Меня похвалили за вилы? Это как так? Кажется, я немного в ступоре, потому что подобного ещё никогда не случалось, по крайней мере, со мной. Что здесь происходит?

# ГЛАВА ТРЕТЬЯ

А теперь мы с вами рассмотрим этические проблемы на практике, — сообщает ангелица, навскидку лет пятисот, после нуднейшей лекции, едва не усыпившей весь класс. — Вы помните, что задача ангелов — способствовать спасению душ, но не нарушать свободу воли людей. Кто мне скажет, почему?

— Свобода воли — дар Творца и им, и нам, — делаю я вторую попытку нарваться на неприятности, но встречаю лишь добрую улыбку.

— Очень хорошо, курсант Катрин, — кивает она, затем сделав приглашающий жест. — Пройдите к доске, у меня есть для вас кое-что занимательное.

Задавив внутренний страх перед болью, я встаю, чтобы двинуться, куда сказали. Неужели накажет перед всеми? Это очень стыдно, к тому же тогда нельзя будет плакать, потому что, расплакавшись, я себя перестану уважать. Значит, будет тяжелее. Но почему она улыбается, а я не вижу в её глазах жёсткости?

— Давайте мы рассмотрим с вами такую ситуацию... — доска исчезает, превратившись в проекцию мира. — Перед вами — ребёнок, больной неизлечимой болезнью. Видите?

Я смотрю на то, как мучается совсем ещё маленький мальчик. Как ему больно, как сквозь эту боль он улыбается лежащей неподалёку девочке, сумев как-то дотянуться до неё, чтобы погладить и поддержать. Шевельнув пальцами, я вызываю личные часы детей и вижу, что им остаются две недели мучений. При этом я знаю, что они будут мучиться, платя болью за каждый вдох. Из моих глаз текут слёзы, но я не замечаю их.

— В ваших силах прервать их мучения, — сообщает мне ангелица. — Им осталось немного, а боль страшная. Вы можете остановить её, дав им возможность уйти сейчас. Ваше решение?

Я смотрю на проекцию, понимая, что всё сказанное мне — правда. Инструкция говорит о том, что ангел не имеет права влиять на ход жизни людей. Только что прочитанная нам лекция, при всей своей занудности — о том, что каждый раз — особенный, и его нужно рассматривать отдельно.

Если прервать эти жизни, они избегнут мучений, но правильно ли это? С одной стороны, такое прерывание —

это всё равно убийство. С другой стороны — им больно! Им просто очень больно, настолько, что человеческие лекарства не справляются. Что решить? Как будет правильно? Я не знаю... Мне не мешают принимать решение, тишина в классе абсолютная. Я прислушиваюсь...

— Я хотела бы там встретить тебя... — шепчет девочка.

— Спасибо Творцу за то, что мы встретились, — отвечает ей мальчик.

И я понимаю. Им больно, просто запредельно больно, но они живут друг для друга, проживая каждое оставшееся им мгновение вместе. Они сильны в этом своём зародившемся на грани жизни чувстве. Я никогда не посмею отнять у них эти мгновения. И я делаю шаг назад, а потом просто опускаюсь на корточки, чтобы поплакать. Мне всё равно, смотрят на меня или нет, мне это просто нужно, нужно пережить в себе. И мне не мешают.

— Курсант Катрин сделала выбор, — слышу я голос ангелицы. — Решение далось ей непросто, но она его приняла и сейчас расскажет нам, почему. Катрин, вам помочь?

— Нет, я уже всё... — с трудом взяв себя в руки, я поднимаюсь.

Да, я понимаю, почему мне показали это, и теперь я должна объяснить так, чтобы меня поняли. Я вглядываюсь в глаза моих соучеников, подбирая слова, но понимаю, что таких слов просто нет. Это невозможно описать или объяснить, это надо прочувствовать.

— Им очень больно, — произношу я. — Я даже не могу описать эту боль. Но эти двое детей каждую минуту живут один для другого. Они просто есть друг у друга, и я не посмею... Да никто не посмеет отнять у них последнее, что у них есть! — эту фразу я почти выкрикиваю, потому что понимаю, что опять расплачусь.

— Ты поняла главное, Катрин, — поглаживает меня по голове учительница, и я едва сдерживаюсь от того, чтобы не потянуться за этой ласковой рукой. Мне кажется, она это понимает, но никак не показывает своего понимания. — Мы не можем решать, кому жить, а кому умирать, кроме... Об этом мы поговорим в дальнейшем, а пока — все свободны.

Я иду с урока и понимаю, что, если все уроки здесь будут такими, я не захочу отчисляться. Меня здесь не считают чем-то неправильным, давая возможность развиваться, жить и узнавать новое. Никто не наказывает за вольную форму ответа, не заставляет учить наизусть жизнеописания великих ангелов или заниматься непонятными делами, потому что «так положено». Эта школа какая-то очень живая.

— Ты как? — тихо спрашивает меня Моника, а потом просто обнимает, а я изо всех сил сдерживаю рыдания.

— Я хорошо, — отвечаю ей, на мгновение прикрыв

глаза, чтобы сморгнуть слёзы. — И интересно, и очень тяжело...

— Ещё бы, я и сама плакала, — признаётся она. — У нас сейчас обед, а потом самоподготовка и вечером — «час куратора».

— Интересно, что мы будем самоподготавливать?.. — вздыхаю я, уже вполне придя в себя. — Ладно, пошли, поедим, что ли...

На душе у меня тяжело, просто тяжело, и всё. Даже не желая этого, я возвращаюсь к увиденному. Там за стеклянной дверью стояли родители этих детей, и в глазах их была боль. Умирающих детей не бросили, не оставили, проживая каждый день с ними. Интересно, если бы я умирала, мои родители бы... Я вспоминаю маму — всегда правильную, да и папу, понимая, что — нет. Они бы точно выкинули меня и забыли. Надо будет им написать, интересно, что ответят...

Мы идём в столовую, а я понимаю, что немного, совсем чуточку завидую умирающим детям. Им больно, но у них есть родители, поддерживающие их, есть друг у друга и они сами. Кстати, а почему больше никто не подошёл знакомиться? Только Моника и я... Может быть, дело во мне? Могу я быть настолько противной, чтобы со мной было неприятно общаться? От этой мысли мне становится больно внутри. Не как при наказании, а намного больнее. Ведь если дело во мне, тогда всё правильно — и отказ родителей, и интернат, и то, что со мной никто, кроме Моники, не общается. Значит, родители не виноваты?

Во всём виновата я сама. Я сама протестовала и искала свой путь... Что же, я его нашла, лишившись и родителей, и той привычной жизни, что у меня была. Винить некого, я этого добивалась — и я добилась. Значит... Нужно просто идти вперёд своим выбранным путём. Однажды я стану взрослой, встречу хорошего ангела, рано или поздно появятся дети, которых я буду любить не потому, что они послушные или хорошие, а просто за то, что они есть. Так будет когда-нибудь, я в это верю.

Самоподготовка оказывается просто возможностью заняться тем, что считаешь нужным. Я считаю правильным посидеть в библиотеке и почитать об иллюзиях, Моника, кстати, тоже. И вот пока читаю, я обдумываю то, что постигла сегодня. Возможно, я и виновата во всём, но я... Я — ребёнок, а задача взрослых, по-моему, именно в том, чтобы помочь мне осознать свои ошибки. Не сделать больно, а помочь осознать, прочувствовать. Пусть я виновата, но почему родители тогда ничего не сделали?

Я раздумываю, понимая, что не так всё просто, а у

меня просто нет информации для того, чтобы сделать выводы. Поэтому эти мысли надо отложить, пока я не смогу задать правильный вопрос. А вот сейчас мне надо изучить иллюзии, и ещё — устав школы, потому что нужно знать, что и за что мне угрожает.

Сегодняшний день меня совершенно выбил из колеи — вместо ожидаемых нотаций или даже наказаний я получила благодарность и положительную оценку. И по этике тоже, кстати, как оказалось за обедом. Но вот почему — мне ещё предстоит понять. Мой опыт говорит, что так просто не бывает, значит, нужно найти ответ на вопрос «почему?». Что может лучше ответить на такие вопросы, чем книга? Почитаем...

Итак... Иллюзии пока подождут, а я в свою очередь попробую вчитаться в сухие строчки устава и понять, почему со мной не поступают так, как я привыкла. Что тут у нас... «Действуя в одиночестве, хранитель должен осознавать результаты своих действий». Стоп. Обычно ангелы работают по инструкции, особенно и не задумываясь, здесь же синим по белому написано, что ангел должен осознавать. Значит, или инструкции нет, или бывают ситуации, ими не предусмотренные.

Ну-ка... Если я правильно помню, то, в случае с детьми, ангел по инструкции имеет право проводить детей немедленно, это даже рекомендуется, потому что страдание несёт святость, а со святыми и так всё непросто, а тут ещё, наверное, связь останется и после смерти.

Плодить святых точно никому не нужно. Значит... По инструкции я должна была бы прекратить мучения детей, а я решила иначе, и меня за это похвалили.

Значит... Что это значит? Значит, инструкции как таковой нет. Нужно решать «по совести», как это называется у людей. Именно это мне хотела сказать ангелица, имени которой я не запомнила. Именно поэтому она провела меня через подобное испытание. Зна-а-ачит, вызвали меня не случайно? Ну, это логично, у них же есть мои бумаги... А там вряд ли что-то хорошее написано. То есть, ко мне будет повышенное внимание? Ладно, к этому я привыкла.

Читаем дальше. А дальше — пояснение, почему хранители отличаются от других ангелов, что-то про специальный отбор ещё. И вот этот пассаж заставляет меня опять отвлечься от книги. Получается, школа могла отказаться, но не отказалась, а приняла меня. Устав выдавать желаемое за действительное вряд ли будет, значит, я прошла отбор, сама этого не поняв. То есть я здесь не случайно — вот что это значит!

Школа — не тюрьма, вот только идти мне отсюда, очевидно, некуда. Поэтому вопрос, надо ли мне быть отчисленной, возникает сам по себе. И вот сейчас мне кажется, что пока не надо. Значит, буду выжидать и ударю в самый неожиданный момент. Интересно, я пай-девочку изобразить смогу? Никогда не пробовала...

За книгами и размышлениями не замечаю, что время

уже прошло и пора идти к куратору. Я бы забыла, но Моника... Сложив книги, она молча кивает мне на часы. Я смотрю, но сначала не понимаю, что она имеет в виду, а сказать Моника не может — в библиотеке действует заговор на молчание, поэтому приходится общаться жестами. Наконец, до меня доходит, я быстро собираюсь, благодарно кивнув подруге.

Внутри меня зреет нежелание идти. Как будто что-то в душе изо всех сил упирается, заставляя остановиться, но Моника берёт меня за рукав, почти волоком выводя из библиотеки.

— Катрин, что с тобой? — спрашивает она меня, как только мы пересекаем невидимую границу.

— Не хочу туда идти, — признаюсь я, и сама не понимая, что происходит. — Как будто там что-то плохое.

— Беды лучше встречать с открытым забралом, — цитирует она архангела Гавриила, легендарного воина ангелов. — Пойдём.

— Не хочу... — тихо ною я, что на меня совсем не похоже, но покорно иду туда, куда меня тянет Моника.

До куратора мы, впрочем, не доходим, встретив ангела в коридоре. Он внимательно смотрит на меня, отчего мне хочется убежать, и вздыхает. Затем он переводит взгляд на Монику, спокойно глядящую перед собой, и снова вздыхает, как будто должен делать что-то, что ему совсем не нравится.

— Моника, иди в свою спальню, — произносит наконец Авиил. — Мне нужно поговорить с Катрин.

— До завтра, Катрин, — послушно кивает подруга, незаметно подмигнув мне. Где-то в груди мне становится чуть теплее от молчаливой поддержки подруги.

— До завтра, — стараясь, чтобы голос не дрожал, отвечаю ей я. Мне всегда страшно непосредственно перед наказанием, а чем ещё может быть разговор наедине с куратором?

— Пойдём, Катрин, — произносит ангел, направляя меня в сторону, насколько я вижу, моей спальни. Значит, точно... Что же, не первый раз, я выдержу!

Куратор Авиил заводит меня в спальню, при этом держится рядом, но не слишком. Что он задумал? Наказания бывают очень разными, но я не чувствую опасности от него, я ощущаю его нежелание быть здесь. Необычное ощущение и, главное, трудно интерпретируемое. Но от меня, насколько я понимаю, зависит мало, поэтому остаётся только покориться неизбежному.

— Присядь, Катрин, — вздыхает куратор, затем окидывает взглядом мою фигуру. — Оставь юбку, мы тут не за наказаниями...

Как так?! А зачем тогда вообще было тащить меня в спальню? Остальные вопросы можно выяснить и в коридоре. Ведь, несмотря на то, что у нас нет человеческой тяги скрывать обнажённое тело, всё равно считается неправильным разгуливать в натуральном виде.

Я присаживаюсь на край кровати так, чтобы никто не мог зайти сзади, Авиил усаживается на соседнюю, лицом ко мне. Он в задумчивости смотрит на меня, а у меня внутри зреет тревога. Я не понимаю, чего ожидать, и потому начинаю беспокоиться. Ещё немного — и дрожать начну. Так дело не пойдёт! Нельзя дать ему понять, что я боюсь, может быть, он именно этого и добивается!

— Катрин... — вздохнув ещё раз, негромко говорит куратор. — Из школы тебя никогда не исключат.

— Почему? — интересуюсь я, понимая, впрочем, что меня просто ставят в известность, но именно мотив этого мне непонятен.

— Ты находишься под опекой школы, — припечатывает он, и на меня падает небо.

Если я под опекой школы, то это значит только одно: родители от меня отказались, выбросив, как испорченную игрушку. У меня отныне нет родителей, раз я под опекой школы. Мне некуда возвращаться, дома у меня тоже нет. У меня нет больше ничего и никого на всём белом свете, потому что меня выкинули. За что?!

# ГЛАВА ЧЕТВЁРТАЯ

От истошного сигнала я вскакиваю, как ошпаренная. Встопорщив обычно сложенные крылья, едва удерживаю равновесие и быстро заскакиваю в санузел. На щеках чувствуются дорожки засохших слёз, а спать хочется неимоверно. Плеснув на лицо водой, чуть освежаюсь, чтобы молниеносно переодеться в шорты и выскочить на зарядку.

Я проплакала всю ночь после разговора с куратором, хотя при нём держалась. Дело даже не в том, что от меня отказались родители, передав опеку школе, возвращаться мне некуда по другой причине. Блюстители, расследуя отношение ко мне в школе и дома, нашли следы целенаправленной травли со стороны взрослых. И хотя законы Творца они не нарушили, но есть ещё законы ангелов. Именно поэтому родителей у меня больше нет, как нет и дома. Именно это известие и заставило меня так тяжело перенести ночь. Но я справлюсь!

Наверное, детство действительно закончилось, мне не на кого больше опереться, только на себя. Если так подумать, то и раньше с этим были сложности, так что изменилось немногое. Раз родителей забрали блюстители, то я их точно больше не увижу. В чём-то это хорошо — меньше буду бояться, потому что наказания в этой школе, если верить уставу, какие-то странные... Осознание проступка, надо же...

— Все собрались? — интересуется незнакомый ангел, одетый так же, как и мы все.

Я оглядываюсь — вокруг множество одинаково одетых школьников и вот этот вот ангел. Он выстраивает нас ровными рядами, спокойно и не торопясь объясняет, что мы сейчас будем делать и для чего это нужно. Именно это и выглядит для меня странным — он объясняет, добиваясь понимания, что зарядка — это не «ему захотелось», а поможет нам. Необычная школа...

— Ну, побежали, — предлагает учитель, сразу же возглавив колонну.

Откуда-то сзади доносятся крики ужаса, заставляя меня оглянуться. Увидев того, кто приближается к колонне, я сразу же наддаю скорости — это цербер. Демонская зверюга, способная сожрать ангела просто без следа, и именно это страшно. Я бегу изо всех сил, мысли моментально вышибает из головы, поэтому соображаю не сразу. Только услышав отчаянный детский визг, резко останавливаюсь, чтобы ринуться в конец строя.

Девочка раза в два меньше меня визжит, но не трогается с места. Глядя, как огромное чудовище надвигается на беззащитного ребёнка, я больше не раздумываю, становясь перед малышкой. И вот в этот самый момент в мою голову приходит мысль. Ведь я ничего не теряю, правильно? Помереть от страха-то всегда успею. Интересно, ангелы от страха вообще могут умереть?

Взмахнув руками, обнаруживаю, что чудовище исчезло, стихает и визг за спиной. Оглянувшись, обнаруживаю, что и девочка была иллюзией. А основная масса школьников в это время удаляется от меня. Вздохнув от пережитого страха, поворачиваюсь в сторону убегающих, но тут замечаю — ко мне Моника бежит. Изо всех сил бежит ко мне, не обращая внимания ни на что.

— Очень хорошо, — рядом с собой я вдруг обнаруживаю куратора. — Катрин не бросила ребёнка в беде, а Моника помчалась на выручку подруге, несмотря на приказ бежать вперёд. Я всё правильно понял?

— Да! — яростно выкрикиваю я. — Пусть я нарушила приказ, но иначе поступить я не могла!

— И распознала иллюзию, — кивает учитель. — Вам обеим по пятёрке, и можете возвращаться, а остальные у нас ещё побегают, — со злорадными интонациями заканчивает он.

Я удивляюсь, пожалуй, даже сильно — получается,

этот результат был ожидаемым, отчего нас отпускают обратно. Это очень хорошо, потому что у меня тогда на полчаса больше, чем у других, а вот Моника... Она сразу понимает, что нам ничего не грозит. Но откуда? Она мысли читает? Но у ангелов вроде бы невозможно прочесть, насколько я знаю... Тогда как?

— Ну что, в душ и встречаемся в столовке? — предлагаю я, на что задумчиво выглядящая Моника просто молча кивает.

Интересно, почему она задумалась? Надо будет осторожно узнать, чтобы не нарушить её личное пространство. Я очень не хочу влезать в чужое личное пространство, чтобы не быть, как... Как мои уже несуществующие родители. Пусть даже я и виновата в том, что случилось.

Пока моюсь, раздумываю над произошедшим. Кажется, вся «зарядка» была какой-то игрой или даже испытанием для всех нас. Значит, Моника и я сумели пройти испытание, а остальные — нет. Что им за это будет? Не знаю... Не скажу, что сильно горю желанием узнать. Сегодня у нас не два, а целых три урока и, скорей всего, будет или занудно, как в прошлой школе, или плакать заставят, как в этой. Хотя в той школе я тоже плакала, правда, никто не видел моих слёз, а здесь...

Интересно, почему никто не смеётся? Не называет плаксой? Не стремится побольнее обидеть? Может быть, то, что было в прошлой школе, неправильно? Или же просто присматриваются, чтобы потом, в самый неожиданный для меня момент, когда я раскроюсь, ударить? Мне трудно судить, да и не хочется, честно говоря. Поэтому я натягиваю на себя униформу, подхватываю сумку и отправляюсь на выход.

Я слишком много думаю в последнее время, возможно, это потому, что никто не диктует правил, не давит? Опять мне ответ неизвестен, да и спросить, как всегда, некого, потому что я не знаю, кому можно доверять. Бежать мне некуда, если что, поэтому неосторожно брошенное слово вернётся так, что я света белого не взвижу. Нужно хорошо думать, что и кому говорить, чтобы не превратить свою жизнь в обитель демона.

Иду по полутёмному коридору, привычно проверяя, не идёт ли кто следом, и рассматривая иллюзии ангелов-хранителей. Изображения статичные, хотя их можно делать движущимися, но просто нет смысла — это школа, а не театр. А так лица примелькаются, что потом сильно помогает на уроках. Сегодня у нас история, человечьи языки и непонятный какой-то предмет, даже названия которого я не запомнила.

Вот кто объяснит, зачем человечьи языки нам нужны, если есть переводчики, да и в людском мире нам становятся понятны любые языки? Вот и я не понимаю. Наверное, чтобы мы узнали что-то важное об этих языках? Трудно сказать.

Вот и столовая, занявшая мне место Моника радостно

машет рукой, и я ускоряюсь. Таких подруг у меня ещё не было. Внимательная, заботливая и ничего не требующая взамен. Откуда взялось такое чудо? Как она сумела не потерять себя в этом жестоком мире? Вот как?

— Меня зовут Александрия, — представляется наша учительница по непонятному предмету. — Несмотря на то что это наш первый урок, мы поговорим о непростой теме. Запишите тему: манипулирование.

Ничего ж себе! Нас будут учить манипулировать... кем? Манипуляции лучше подходят демонам, а у ангелов, считается, их нет, но понятно, что только считается, потому что ангелы манипулируют друг другом, детьми, родителями, мнением общества, да чем угодно! Видно, нас будут учить делать это правильно. Ну что же, дело нужное, как по мне. Я настраиваюсь слушать, хотя какой-то червячок изнутри о себе напоминает, конечно. Ну как же, почти обед, а меня ни разу до слёз не довели...

— Итак, манипуляции, — продолжает учительница. — Несмотря на то что профессионалами в этом признаны демоны, ангелы тоже не брезгуют заниматься подобным. Давайте рассмотрим ситуацию с детьми... Какие манипуляционные методы используют взрослые?

— Шантаж сладостями, — сообщает пока ещё незнакомая мне девочка.

— Прогулкой ещё на водопады, — с затаённой горечью вторит ей мальчишка.

Я слушаю их, не понимая, что слышу. Сладости, прогулки, игры... Это такая ерунда по сравнению с болью, но никто не говорит об этом, может быть, стесняются? Вслушиваясь, я понимаю: моих одноклассников действительно расстраивает отлучение от сладкого! Да я этого сладкого почти никогда не видела! Гори оно огнём, если бы не было так страшно... Почему они молчат об этом, почему?

— Катрин? — обращает на меня внимание Александрия. — Вам есть что добавить?

— Боль, — сообщаю я, твёрдо глядя в глаза учительницы. — Сначала боль, а потом — «Ты сама во всём виновата».

Я вижу глаза Моники и осекаюсь. Подруга смотрит на меня сначала с недоверием, затем её глаза заполняются слезами, а в следующее мгновение я чувствую себя необычно — меня обнимают. И не только Моника — почти весь класс оказывается вокруг меня. Они меня гладят, обнимают и... молчат. Да что происходит-то?!

— Да, так бывает, — грустно произносит наша учительница, ничуть не возражая против происходящего. — Ребёнка могут запугать, а когда это не действует —

воспитывают чувство вины. И с помощью него... Катрин, в чём ты виновата?

— Я... — мне очень трудно при всех сказать это, но не ответить я почему-то не могу. — Родители... отказались... Из-за меня... — слова выдавливаются очень тяжело.

— Вот дети, — тяжело вздыхает Александрия. — Двое взрослых ангелов нарушили закон. Они осознавали, что нарушают один из наших законов, но вот Катрин винит в их действиях себя.

— Ты не виновата, — твёрдо говорит Моника. — Ты маленькая ещё, а они взрослые, это они виноваты! Нельзя так!

— А почему Катрин сказала про боль? — интересуется кто-то из детей. — Её что...

Я не вижу, что происходит, потому что плачу. Можно сказать, норму по слезам я выполнила. Мне сейчас дали больше тепла и понимания, чем за всю мою предыдущую жизнь. Я с удивлением узнаю, что в обычных семьях не принято приносить детям боль. Я поражённо замираю, услышав, что никто не будет шантажировать адом или отказом, потому что родители любят своих детей. Значит, у других иначе? Почему тогда со мной так? Почему?

И ещё меня поражает, что весь класс не принялся смеяться, а потянулся, чтобы поддержать меня. Разве так бывает? Может быть, я сплю? Может ли так быть, что я сейчас сплю, и это всё мне снится? Ощутив, что мир вокруг становится каким-то нереальным, будто нарисованным, я вдруг ощущаю себя будто в холодной воде — очень холодно становится внутри, и рук я не чувствую, почему-то не подумав о ногах. Свет внезапно гаснет, и я куда-то плыву.

Открыв глаза, я осознаю себя в медпункте, но шевелиться почему-то не хочется. Совершенно не хочется, поэтому я закрываю глаза, чтобы подумать. Мне о многом надо поразмышлять. Сегодня мне открылся факт того, что школа у меня была неправильной, да и с семьёй тоже возможны вопросы. Я пытаюсь вспомнить, как было в школе... Наказывали ли других ангелов, в смысле, и не могу вспомнить. Дома-то понятно, но в школе, получается, всё это было почему-то направлено против меня? Но почему? За что?

— Очнулась? — слышу я женский голос. — У тебя много вопросов, девочка, задавай, не бойся.

Открыв глаза, вижу учительницу... ну, Александрию. Она смотрит на меня глазами, в которых нет злости, а что-то другое, непонятное. Такого выражения глаз у взрослых я никогда не видела, поэтому не знаю, как реагировать.

— Что со мной случилось? — задаю я самый, по-моему, безопасный вопрос.

— Ты встретилась с информацией, которой в твоём мире не могло быть, — объясняет мне учительница, — поэтому потеряла сознание. Пугаться не надо, такое бывает, маленькая.

От её интонаций хочется плакать, но я держусь, внимательно слушая о том, что происходило со мной все эти годы. Оказывается, меня, по мнению учительницы, целенаправленно пытались сломать, а я не давалась. Только вот почему это пытались сделать, она не знает, ну и мне откуда это знать?

— Возможно, это испытание Творца, — не очень уверенно произносит Александрия. — Поэтому и не было наказания взрослых за их действия, пока не вмешались блюстители.

— Испытание? — удивляюсь я, никогда об этом прежде не слышавшая. — А что это такое?

Вот тут я, наконец, слышу что-то очень интересное. Оказывается, Творец может испытывать ангелов, портя им жизнь, чтобы те стали более совершенными душой. Только Александрия говорит, что с детьми раньше такого не происходило, а я... Я понимаю, что она имеет в виду. Творцу скучно, и он играет, только игрушки у него живые. Вот, видимо, он мной играет...

В этот момент мне впервые не хочется быть ангелом. Осознавать себя игрушкой в руках Творца очень больно, хуже даже любого наказания. Мне казалось, что я сама творю свою жизнь, что я осознанно протестую, а всё вокруг меня внезапно оказывается игрой. Да, всё по-честному, но это горечи не умаляет. Возможно...

— Могли родители противиться этой игре... испытанию? — задаю я очень важный для меня вопрос.

— Конечно, — грустно улыбается мне Александрия. — Если бы они сами этого не хотели, то у Творца ничего не вышло бы. Впрочем, учитывая, что с ними стало, возможно, это было их испытанием.

— А что с ними стало? — интересуюсь я.

— Они в аду, — коротко отвечает мне учительница. — И директор школы тоже.

Вот это новость! В ад отправить может только Творец и его помощники, но никто больше. Раз родители в аду, то вполне возможно, что из-за меня... Но решил так Творец, а ему виднее, ведь он может читать помыслы. Значит... Что это значит?

# ГЛАВА ПЯТАЯ

Со мной много разговаривают. Александрия объясняет мне, почему не надо испытывать чувства вины за то, что произошло с родителями, лишь укрепляя его, а куратор... Скоро я буду от них прятаться, потому что хочется просто побыть одной. Моника, правда, не даст, но она очень хорошо меня понимает, как сестра буквально.

Я всё уже поняла — уроки первых дней направлены были на то, чтобы объяснить и показать именно мне. Так как от этой мысли наказания от Творца не последовало, то мои выводы не гордыня, а что-то другое. Например, правда. Но интересно, почему? Чем я вдруг оказалась настолько важной, что на меня тратят столько сил? Не хочу задумываться.

Я трачу время самоподготовки на изучение работы хранителя. Что можно, что нельзя и почему. И сразу же встречаю в книгах недоговорённости, очень меня смущающие. Что значит «действовать по обстановке», я, например, не понимаю. Хочется же понимать! Но попытки узнать натыкаются на неожиданное сопротивление, что мне совсем не нравится.

— Подскажите, а вот тут написано, что в крайних случаях... — показываю я учительнице обнаруженную книгу, внимательно следя за её выражением лица, с которого моментально пропадает улыбка.

— Тебе всё расскажут на уроках следующего цикла, — мягко отвечает мне Александрия, быстро переводя разговор на другую тему. — Ты уроки сделала на завтра?

— Да, конечно, — спокойно киваю я, изо всех сил удерживая улыбку на лице.

Что-то я не понимаю... Ещё несколько дней назад процесс познания стимулировали, а теперь вдруг стараются затормозить, как будто получив другие инструкции. Чувствую себя лягушкой в блендере. Это такой человеческий прибор, используемый для перемешивания жидкостей. Совершенно растерянно я себя чувствую. При этом на следующий день, ожидаемо, этой книги в доступе не обнаруживаю.

Интересно, даже очень. Игру напоминает, причём странную игру, непонятную, что вызывает дополнительные подозрения. Другая ученица бы пожала плечами, решив, что просто забыла правильное название книги, но я-то — совершенно другое дело... Моя жизнь научила меня опасаться кого угодно и чего угодно, а тут ситуация выглядит не просто странной...

Хорошо подумав, берусь за книгу о сотворении миров. Учитывая, что мне перекрыли доступ почти ко всей не учебной литературе, это чудо ещё, что я могу её добыть. Либо кто-то не подумал закрыть мне вообще всё, либо в этом году что-то по истории изучаться будет. Уроки, кстати, стали более занудными, таких практических интересных занятий, как в первые дни, больше нет. Может, действительно для моего воспитания это всё было устроено?

Интересно... Итак... В вольном пересказе известная мне история выглядит просто: жил-был Творец, насоздавал всего по образу и подобию, а потом уселся почивать на лаврах, время от времени стукая молнией тех, кто не хотел жить по законам Его. А что написано в этой толстой книге? Надо почитать.

Жил-был Творец. Создавая миры, он делал выводы из получившегося, пока не пришла пора нашего мира. И вот тут, по-моему, начинаются сюрпризы. Мир людей не описан, как созданный, он описан, как существующий, то есть можно предположить, что Творец пришёл уже на готовенькое, затем создал демонов и ангелов, чтобы свести к уже знакомой схеме. Правильно?

А вот и нет. Если исходить из того, что я читаю сейчас, демоны были изначально, Творец их, получается, просто покорил, а вот ангелов... Ангелов создал. Получается, что полная власть у Него только над нами, как Его творениями. Дальше, рай, ад, души... Всё очень поверхностно описано, выглядит очень гладко, а так не бывает. Интересно... А! Вот сноска на дополнительную литературу. Интересно, её я получу?

— Моника, — я иду на хитрость, но хитрости нам не запрещены. — А ты не можешь взять книгу в библиотеке, которую я покажу?

— Хорошо, — кивает моя подруга, которую я сейчас просто использую, отчего на душе не очень солнечно.

Мы входим в библиотеку, я показываю на ссылку, и подруга идёт за запрошенным. Я почти уверена, что все мои запросы отслеживаются, а её — почему-то нет. Можно считать, что ограничения направлены только на меня, чтобы я не узнала что-то важное. Ещё интереснее, потому что не ясны мотивы.

Моника протягивает мне запрошенную книгу, но я жестами прошу её открыть том самой. И лишь прочитав несколько предложений, понимаю: испытания могут быть в любом возрасте, даже малышей Творец испытывает. Иногда очень жестоко, как в указанном случае — с гибелью родителей. Но у меня есть Моника, она не даёт мне остаться одной, а, видимо, к этому всё идёт. Неужели подруга в опасности?

Опять я, получается, среди врагов... Никому, кроме Моники, доверять нельзя. Но как только этот факт дойдёт до тех, кто играет мною, она совершенно точно будет в опасности. Что делать?

— Моника, пойдём погуляем, — предлагаю я после того, как мы заканчиваем с библиотекой, в надежде на то, что хотя бы на улице не подслушают. Есть у меня подозрения...

— Пойдём, — улыбается она мне, безропотно поворачивая в сторону выхода.

Она о чём-то догадывается? Или просто такая ангелица? Я очень за неё беспокоюсь, именно поэтому и решаю поговорить наедине. Если на ней это всё как-то отразится, я себе не прощу. Потому что не похоже это на волю Творца, по-моему. А вот на какие-то игры со мной — вполне. Только вот зачем?

— Ты хотела поговорить? — спрашивает меня Моника, когда мы отходим от стен. Она безмятежно улыбается, внимательно при этом глядя мне в глаза, а я не знаю, куда деть руки от волнения.

— Я хотела предупредить, — сообщаю ей, наконец. — Рядом со мной может быть опасно, понимаешь? Не зря меня ограничили в знаниях, значит, это делается с какой-то целью. Помнишь, когда о манипуляциях говорили, рассказывали, что незнающим манипулировать проще?

— Помню, — кивает она, всё так же улыбаясь, будто пропустив мои слова мимо ушей. — Мне кажется, ты сама себе придумываешь проблемы, тебя просто защищают от себя, чтобы ты не перетрудилась.

— Хорошо, — усилием воли заставляю себя успокоиться. — Тогда давай просто погуляем?

— Давай, — соглашается Моника, идя рядом со мной. — Хочешь, поговорим о лесе? Я очень люблю лес...

Вот тут я, уже решив было оставить раздумья на потом, настораживаюсь. У нас лес не растёт почти нигде, сплошные сады. А вот там, где растёт лес, стоит Академия Блюстителей, и простых ангелов туда не пускают. Значит, Моника рискует, допуская ложь? Но ради чего? Я слушаю её щебетание, задумавшись над этим, но в голову ничего не приходит.

Всё-таки Моника как-то странно реагировала на мои слова. Я раздумываю об этом перед сном. И ещё она явно на что-то намекала, но на что? Это должно быть чем-то простым, но догадаться я почему-то не могу. Может быть, не из того исхожу? Не о лесе надо думать, а об обмане или выдумке. Обман...

Если отвлечься от того, что Моника говорила с какой-то целью, то, получается, она меня обманывала. Значит, и учителя могут обманывать? Или я не о том думаю? Кажется, начинаю понимать: Моника хотела намекнуть, что может не иметь возможности сказать мне правду! То есть меня обложили, но зачем? Я же девчонка совсем, два века всего! Зачем кому-то нужно меня мягко останавливать, чтобы я не лезла в материал старших классов?

И тут до меня доходит: меня опять загоняют в рамки! Не так жёстко, как это было в прошлой школе, но смысл от этого не меняется. Меня загоняют в рамки, стараясь заставить жить так, как все. То есть читать, что положено, делать, что сказано, и не возражать. Сначала показали мне, что со мной сделали, а затем...

А зачем надо было показывать? Это понятно — доверие. Я должна им доверять, поэтому и разговоры, и напускная забота... Значит, не показалась мне фальшь в последнем разговоре с куратором, не показалась. Теперь хотя бы понятно, за что.

Взрослым нужно, чтобы мы ходили по линейке, выполняли команды и не смели раньше времени проявлять инициативу. То есть инициативу-то можно, но только там, где сказано, а в остальном — всех под одно крыло, чтобы не напрягаться с подбором учебного материала. Это логично, учителей не так много, учеников больше, но и значит это, что рассказы о цикле обучения — тоже сказки, учителям проще вести нас толпой через обучение.

Значит, никакого заговора нет, а есть попытка загнать меня в рамки. Что я могу на это ответить? Нужно ли на это отвечать?

Пожалуй, этот вопрос самый серьёзный. Если подумать, у меня нет ни родителей, на которых можно переложить ответственность, ни дома, куда можно отправить в случае исключения, значит, школа будет вынуждена решать все проблемы самостоятельно. Как взрослые умеют решать проблемы, я знаю, но тут нужно учитывать, что *этим* взрослым я не плоть от плоти, крыло от крыла, значит, сдерживать «души прекрасные порывы» не будут. А сломать можно кого угодно, нам это на уроках уже рассказывали. Может быть, специально для меня и рассказывали.

Значит, нужно изобразить доверчивую — будем смотреть правде в глаза — дуру и делать вид, что ничего не понимаю. Тогда они успокоятся и, возможно, не будут переходить к жёстким методам. Пока что я только и узнала, что ангел может объединиться с человеком, но вот подробности — ещё нет. И для чего это может понадобиться, тоже. А это шанс... Шанс убежать, потому что убежать от всех ангелов уже очень хочется.

Получается у меня, что опять меня обманули. Да, наказаний здесь нет, но вот в рамки всё так же загоняют, и это мне не нравится. Хорошо, что я не раскрылась навстречу, поверив. Некому тут верить, у них — свои цели, у меня — свои, и цели эти никак не пересекаются. Жаль, конечно, но ничего не поделаешь, у меня прав никаких нет. А надежды... Надо было мне человеком родиться, а теперь-то что? Остаётся только смириться...

Ночью мне снятся родители. Не такими, какими они стали, стоило мне пойти в школу, а забытые моменты из раннего детства. Тёплые моменты... Сильные руки папы, добрая улыбка мамы. Почему, из-за чего они изменились? Может, всё же я в этом виновата? Плохо училась или «не соответствовала ожиданиям»? Во сне я плачу, просто плачу оттого, что, получается, сама погубила своё счастье... А проснувшись, осознаю, что подушка мокрая, а на душе тяжело-тяжело, но сигнал не позволяет мне долго раздумывать, и спустя десяток минут я уже бегу вместе со всеми.

Думать на бегу не получается, надо держать дыхание, а ещё не позволять крыльям помогать, потому что за такое будет ещё два дополнительных круга, уж это я точно знаю. Слава Творцу, не на своём опыте. Но дыхание всё стремится сбиться, а этого допускать нельзя, потому что упаду, и придётся повторять во время самоподготовки.

С Моникой с грехом пополам добираюсь до своей спальни, чтобы опасть грудой почти на пороге. Но рассиживаться некогда — нужно в душ, одеваться и на уроки. Сегодня у нас история, этика и... хм... А, вспомнила! Заговоры нас учат плести. У людей была какая-то «магия», не знаю, что это такое, но Творец её отменил. А у нас — «заговоры». Учат нас, как правильно заговорить личные вещи, метлу, чтобы сама мела, ну и для мира людей разные. Сегодня у нас практика, что хорошо, хоть понабиваю руку, мне пригодится.

Идя на завтрак, понимаю, что мыслей в голове нет.

Просто совсем нет, отчего хочется сделать какую-нибудь пакость, но я себя сдерживаю. Интересно, что будет сегодня на уроках? Опять придётся бороться со сном или что-то интересное будет?

Почему-то очень хочется, чтобы обняли, погладили по голове, но я знаю, что это сделать просто некому. Родителей у меня отняли, и пусть я сама в этом виновата, на моё внутреннее желание это никак не влияет. Просто хочется душевного тепла, отчего слёзы буквально душат, но я держусь, конечно же. Ещё чего не хватало — расплакаться при всех без всякой причины! Хватит того, что они и так обо мне всё знают. Особенно то, чего я не хотела никому показывать.

Злюсь на себя за то, что показала мягкое нутро. Но я же не знала, что это не норма! Друзей у меня после этого не прибавилось, а жалость соучеников я иногда чувствую очень остро. Может, я обманываюсь, только вот друзей у меня не прибавилось после тех, первых, дней, они будто сторонятся меня, как больную какую-то, и радости это мне не приносит.

Несмотря на ожидания, день проносится как-то молниеносно. Я его совсем не запоминаю, даже кажется — только что же на завтрак шла, а только моргнула — и уже скоро ужин. Нужно складывать книги и идти, тем более что я сегодня без Моники в библиотеке, отчего немного одиноко. Наверное, поэтому я заканчиваю пораньше и, собравшись, выхожу в коридор.

Я к ней привязалась, получается. Вот сегодня она незаметно для меня исчезла из библиотеки, и уже настроения нет. Но у неё же могут быть свои дела? Умом-то я это понимаю, а на душе грустно. Даже и не думала, что такая привязчивая... Наверное, это потому, что раньше таких подруг у меня не было. Моника хорошая, я точно знаю, наверное, увидимся за ужином...

Кажется, Творец решил, что испытаний мне недостаточно. Проходя по коридору мимо кабинета куратора, я слышу голос из-за неплотно прикрытой двери. Подслушивать, конечно, плохо, но голос Моники произносит моё имя, и я против воли останавливаюсь, прислушиваясь, благо мне отсюда хорошо слышно. Ну и, кроме того, я сплетаю руками заговор усиления звука, показанный нам на прошлой неделе на уроках. О чём же говорит с куратором моя подруга?

# ГЛАВА ШЕСТАЯ

Вот о чём мне хотела сказать Моника! Слушая её голос и комментарии куратора, я понимаю — нет у меня подруги. Рядом со мной — соглядатай, рассказывающий преподавателям все мои секреты, даже мысли, всё, чем я с ней делюсь. Это открытие бьёт меня больнее, чем все наказания, вместе взятые. Моника рассказывает всё, даже то, о чём мы говорили вне стен школы, спокойным голосом, почти без интонаций, как будто книжку пересказывает, а я внутри корчусь от дикой, просто непредставимой боли.

— Очень хорошо, Моника, — слышу я голос куратора. — Ты отлично справляешься, что отразится в характеристике. Думаю, твои родители будут довольны.

— Благодарю вас, — так же спокойно и даже безмятежно отвечает ему моя... надсмотрщица. — Какие книги ей можно показывать из ограниченного списка?

— Вот эти две, — отвечает ей ангел. — Они наведут Катрин на правильные мысли. Как ты думаешь, девчонка не взбрыкнёт?

— Я удержу её, — в голосе Моники мне слышится обещание. — Даже не заподозрит ни о чём.

— Она должна максимально привыкнуть к тебе, — назидательным тоном произносит куратор. — Ты запомнила?

— Да, ангел Авиил, — произносит девочка, которую совсем недавно я считала своей единственной подругой. — Остальные вас хорошо поняли? Не будут пытаться подружиться?

— Нет, они мешать... терапии не будут, — Творец, с какой же издёвкой звучит это слово! — Ты не опоздаешь?

— Катрин сидит почти до упора с книгами, что-то ищет там... — а вот теперь я уловила едва заметную грусть в голосе Моники, но задумываться над её мотивами не хочу.

Теперь я всё понимаю. И почему у меня нет больше друзей, и почему были эти уроки в начале года. Моих одноклассников, скорей всего, убедили в том, что я нездорова, вот они и брезгуют со мной дружить. А Моника как единственная «подруга» вполне может делать со мной что угодно, как нам рассказывали на уроках манипулирования.

Я делаю шаг от двери и, внутри свернув себя в тугой комочек, иду в сторону столовой. Мне нужно взять себя в руки. Я просто обязана выглядеть и разговаривать, как всегда, но при этом ещё и усыпить бдительность Моники, которая, как оказалось, мне совсем не друг. Нужно держаться до моей комнаты, где я смогу себя отпустить и выреветься наконец. Нужно держаться, хотя хочется просто уйти, как уходят ангелы, когда приходит срок. Но думать даже о таком нельзя, на подобные мысли Творец или его помощники точно отреагируют.

Моника, получается, намекала мне на то, что она обманывает меня каждый день. Наверное, её совесть не позволяет ей спокойно к этому относиться, или же ей приятно было сказать и не сказать мне правду. Я иду, едва переставляя заледеневшие ноги, по направлению к столовой. Мне нужно держать себя в руках, чтобы никто не понял, как мне сейчас больно.

Кажется, сердце вырвали из груди, настолько там пусто сейчас, ведь Моника действительно была моей единственной подругой. Была. Я не смогу ей больше довериться. Она меня предала, как предали родители, как предают все ангелы. Зачем я ангел, зачем? Не хочу... Одиночество волной захлёстывает пустоту в груди, заполняя её холодом. Но я натягиваю на лицо улыбку, усаживаясь за столик в ожидании Моники. Нужно потерпеть совсем немного, совсем чуточку, а потом можно будет выплакаться, ведь я внезапно осталась одна. Совсем одна.

Когда-то мне было страшно даже представить такое, и

вот оно случилось. Моя близкая подруга оказалась не подругой, а назначенной мне надсмотрщицей. А это значит, надо искать выход. Должна быть возможность убежать из мира ангелов, хотя... Ну вот, допустим, я убежала — и что? В людском мире у меня тоже никого нет, значит, этот вариант тоже так себе. Но что делать, что?

Появляется Моника. Со своей безмятежной улыбкой она входит в столовую. Всё, теперь держаться! Я с трудом поднимаю руку, махнув ей несколько раз, при этом стараюсь вести себя естественно. Насколько естественно можно себя вести, глядя в глаза предателю. Но, вроде бы у меня получается, или же Монике всё равно, что тоже, кстати, возможно.

— Ты сегодня рано, — замечает эта шпионка. — Случилось что-нибудь?

— Нет, что ты, — отвечаю я ей. — Просто надоело искать ответы на вопросы, которых нет. Закончила с уроками и решила пойти поесть, тем более тебя же не было...

Интересно, будет как-то объяснять своё отсутствие или нет? А если будет, что скажет? Я-то знаю, почему Моники не было, но она-то не догадывается, что я уже знаю, поэтому и интересно. Ну же!

— Решила домой написать, — отвечает мне бывшая моя подруга. — А там как-то само так получилось.

И врёт, и не врёт одновременно, просто недоговаривает. Я прежняя, скорей всего, объяснение бы приняла, не желая нарушать личное пространство. Ну тогда и теперь приму это объяснение, просто кивнув. Тут моим спасением звучит сигнал, на столах появляется ужин. Едва сдерживаю себя, чтобы не сделать какую-нибудь пакость. Нельзя, а то заподозрит, и эти... взрослые придумают что-то другое. А зачем нам что-то другое? Правильно, не нужно.

Доев и распростившись, мы расходимся по спальням. Я держусь изо всех сил, пытаясь не разреветься, едва переступив порог. Меня сдерживает мысль, что и за комнатой могут наблюдать. Вот за ванной — вряд ли, всё-таки какие-то этические ограничения есть. Поэтому я стягиваю с себя форму и почти бегом отправляюсь под душ — плакать. Мне очень-очень надо поплакать сейчас.

Включив воду, я направляю струи в лицо, уже и так мокрое от слёз. Следующие минуты выпадают из памяти, потому что я просто реву, сидя в первородном виде на полу душевой кабины. Стараясь выплакать сегодняшнюю боль, я содрогаюсь в рыданиях, отторгая свою сущность. Это, конечно, бессмысленно, но я не хочу быть ангелом. И вообще быть не хочу, но на эту тему думать нельзя... Такие мысли нарушают установленные Им законы, поэтому я гоню их прочь. Я плачу и вспоминаю Монику с самого первого дня, её помощь, её дружелюбную улыбку.

Поверить в то, что всё это было ложью, очень сложно, но я сама слышала...

Это просто невозможно понять, по крайней мере, для меня. Кажется, я одна — ангел среди полчищ демонов, потому что ангелы не должны, не имеют права так поступать. Как они могут после такого носить белое? Как? Как смеют они говорить о душевной чистоте, предав... меня? Всё вокруг ложь, кроме законов Творца. Все лгут, никому нельзя доверять, никому!

Чувствую себя совершенно разбитой, хочется просто лечь и лежать, и пусть все горят в аду! Но я так, разумеется, не поступлю. Нельзя дать им догадаться, что я знаю. Поэтому следующее утро начинается, как обычно. Как обычно, я бегу, делаю упражнения, разминаю крылья. Как обычно, улыбаюсь Монике, осторожно убеждая её в том, что она победила. Привычно делюсь с ней мыслями, только на этот раз абсолютно правильными, и всё чаще она оставляет меня в библиотеке одну. Именно это мне и нужно.

Первые дни я осторожничаю — беру только учебную литературу, занимаюсь строго по ней, а потом ухожу в свою спальню — плакать. Я плачу каждый день, но только в своей спальне, в которой кроме меня никого нет.

В принципе, я понимаю почему. Соседка или соседки рано или поздно станут или врагами, или подругами, но проверять, по-видимому, никто не хочет. Они меня перевоспитывают. Ну-ну...

Проходит несколько дней, и я на пробу беру книгу по сложным преобразованиям. Я понимаю и сама, что подобное для меня рано, но мне надо чем-то поделиться с Моникой, чтобы она могла доложить об успехе куратору нашего класса. Так как я ей не доверяю, да уже, пожалуй, никому не доверяю, то такой шаг оправдан. А учитывая отсутствие реакции Творца — я в своём праве.

Творец, как же больно... Очень больно быть совсем одной, зная, что друг, которому ты доверял, тебя же и предал. Но у меня теперь есть цель — мне нужно узнать максимум возможного о мире людей. Может быть, есть какой-нибудь шанс, потому что у меня возникает ощущение, что я умираю где-то внутри себя. Медленно, день за днём по кусочку умираю, а я не хочу... Хочу жить, улыбаться солнцу и знать, что я кому-то нужна.

— Наверное, больше не буду читать не учебную литературу, — сообщаю я Монике за обедом. — Лучше посплю лишний час.

— Это очень правильное решение, — кивает она, а в глубине её глаз мне чудится удовлетворение.

Я, конечно, понимаю — Моника от меня устала, ей хочется позаниматься своими делами, но нельзя, потому что нужно следить за мной. Именно поэтому я облегчаю ей задачу — сижу или в библиотеке, или в спальне у себя. Раньше-то я за неё цеплялась, а теперь — зачем?

Наконец, наступает тот момент, когда я чувствую ослабление внимания к себе, Моника всё чаще исчезает из поля зрения, видимо, готовит меня к чему-то... Поэтому теперь рискую и беру именно ту книгу, которая мне нужна. Очень хочу узнать, как происходит назначение ангелом-хранителем и зависит ли это от возраста.

Пока я занимаюсь чем-то, по моему мнению, важным, холод внутри меня отступает, и мне не хочется выть от боли. С каждым днём холодное одиночество всё больше овладевает мной, отчего я понимаю: в один ужасный день силы закончатся. Именно для того, чтобы не опустить руки, я и ищу разные варианты. Но апатия всё сильнее овладевает мною, подступая из глубин моего разума, стараясь заставить меня сдаться.

Я совсем одна на всём белом свете, у меня нет никого. Вообще никого, даже друзей, но я об этом думать не спешу, гоню такие мысли прочь, чтобы не дай Творец, не осознать, что бороться незачем. Просто не для кого, а для себя я устала уже. Получив за короткое время множество ударов, я уже иногда ничего не хочу, а это первый шаг в небытие. Может ли так быть, что ангелы добиваются именно этого?

Так, что тут у нас? Я прикрываю то, что читаю, большим томом по истории, полном занудных дат, в которых потеряться можно очень даже легко. Я читаю, а мысли мои заняты обдумыванием догадки. Что, если ангелы ради какой-то великой цели хотят меня сломать? Чтобы я погасла, ничего больше не хотела, ни о чём не думала, а просто повиновалась их указаниям. Ну, во-первых, получается, что это странные какие-то ангелы, если исходить из моих школьных знаний, а во-вторых, я — что, избранная какая-то?

С опаской смотрю на потолок, но там ничего не формируется. Значит, не гордыня. А если мысль об избранности — не гордыня, то может быть и правдой. Интересно, кем и для чего я избрана? Что во мне такого? Вряд ли я смогу это просто так узнать, поэтому возвращаюсь к предыдущей задаче — выяснить, как становятся ангелами-хранителями. И тут меня ждут сюрпризы, потому что вдруг оказывается, что хранить можно по-разному. Вот это сюрприз...

Классический вариант — ангел летает поблизости от охраняемого, отгоняя демонов. То есть «помоги себе сам». Второй вариант — можно вступать в диалог, а вот третий — самый интересный — объединение с защищаемым. К сожалению, временное и не всегда. Например, если душа вышла из тела, то нельзя, а наказание — лишение крыльев. То есть ангел после этого становится изгоем, а в моём случае меня просто сотрут, ибо для школы я буду бесполезна, а родителей у меня нет. То есть мне не подходит. Так, что ещё?

Ограничения по возрасту нет, но нужно попасть в мир

людей, а туда не пускают несовершеннолетних. Тут я дочитываю до тезиса о том, что не всякая душа нуждается в хранителе, и замираю. Опять информация противоречит всему, что я знала до сих пор. Если подумать, получится, что ангелы — не такие уж и ангелы, раз хранят далеко не всех. А зачем они тогда нужны? Непонятно.

Ангелов, по-моему, очень много. Если судить по тому, о чём рассказывают в школе, они нужны для защиты людей и проводов душ в загробный мир — зачем, кстати? Но это всё, совсем всё, зачем тогда так много ангелов? И зачем провожать души, они что, заблудиться могут? Получается, либо ангелы никак от людей не зависят, а люди — это просто работа, либо я многого не знаю. Это, конечно, возможно, потому что я ещё юна для того, чтобы знать всё на свете... И это хорошо. В исследованиях и познании нового мой душевный холод отступает, и я не думаю о том, что осталась совсем одна.

Интересно, Моника в какой-то момент постарается со мной рассориться? Тогда она должна это сделать так, чтобы я оказалась во всём виноватой, причём не внешне, а внутренне, для себя. Но мотива у неё пока нет, и в школе мотив для подобного найти будет сложно. Значит, нас выведут за пределы школы, чтобы дать мне возможность «обидеть» Монику. Если догадки о моей избранности верны, то следует ожидать чего-то подобного, а если я себе всё придумала, то ничего не будет.

Значит, надо подождать. Очень скоро я узнаю, меня

хотят сломать, потому что я — избранная, или же из-за того, что сильно отличаюсь от других. Как бы во время ожидания не сломаться, потому что иногда накатывает такая слабость и отсутствие желания что-либо делать... С каждым днём всё труднее брать себя в руки, чтобы жить в этом вакууме.

# ГЛАВА СЕДЬМАЯ

Возможно, я стала слишком подозрительной, но мне кажется, что Моника начинает меня потихоньку готовить к ссоре. Она становится холоднее с каждым днём, и прежде это вызвало бы у меня чувство вины — я обвинила бы себя в поведении подруги. Но только не сейчас. Сейчас я знаю, что она никакая не подруга... Но как будто этого мало — Александрия, по-моему, меня избегает. Интересно...

За это время я прочитала несколько книг, при этом одна из них объясняет суть манипуляций именно чувством вины. Очень интересно написана и как будто с меня списана. Именно она помогает мне понять, что происходит, ну и держать себя в руках тоже. По крайней мере, днём, потому что ночью я плачу.

Каждую ночь мне снится, что меня любят, что я нужна, и от этого подушка утром мокрая. Мне так хочется какого-то участия, пусть даже чтобы наказали, потому что это тоже внимание, но внимания нет. Я будто зависаю между мирами, где вокруг нет никого, будто становлюсь невидимкой. Меня не спрашивают на занятиях, игнорируют мою поднятую руку, одноклассники не замечают, просто глядя сквозь меня, как будто меня вовсе нет. Лучше бы били, что ли... Но меня просто игнорируют. Единственная, кто общается со мной — надзирательница. Моника то есть. Она будто контролирует эффект, и он ей... нравится...

— Потерпи, — советует она мне, когда я почти срываюсь, но ловлю себя за горло в самом начале. — Они привыкнут к тебе и начнут общаться.

— Я устала, — признаюсь я ей, внимательно наблюдая за реакцией. Показалось мне это удовлетворение в глазах Моники или нет?

— Ты слишком много учишься, — отвечает она, глядя поверх моей головы, отчего у меня возникает ощущение, что «подруга» смотрит сквозь меня. — Тебе надо больше гулять.

Голос у неё ровный, спокойный, как тогда — в кабинете Авиила. От этого воспоминания в груди скручивается жалящей спиралью горечь. За что со мной так, ну за что? Что я кому сделала настолько плохого?

Я держу себя в руках, каждый день держу себя в руках, не позволяя себе плакать, не разрешая свалиться в истерику или показать посторонним, как мне плохо. А вот окружающие меня просто игнорируют. У меня иногда появляются странные мысли — например, полетать голой над школой, но я знаю, что там купол. Отсюда нет никакого выхода, как нет его и у меня. Интересно, могу я сойти с ума? Ангелы вообще с ума сходят?

Больно... Больно... Больно внутри... Иногда у меня ощущение такое, как будто я на костре, как будто костёр внутри меня. Но я не жалуюсь, а всем вокруг на меня почему-то уже совсем наплевать. Контраст по сравнению с далёкими уже первыми днями учёбы настолько большой, что я иногда задумываюсь о том, зачем я нужна вообще. Но эти мысли надо прогонять.

Замечаю, что есть становится труднее, я с трудом запихиваю в себя пищу — аппетита просто нет. Нет желания пережёвывать, да и вообще садиться за стол. Вся еда будто становится безвкусной, не вызывая никаких желаний, а её запах раздражает. Но есть надо, я это хорошо знаю, поэтому заставляю себя. Сегодня мне почему-то особенно трудно, хотя прошло совсем немного времени — не более полугода. Хочется лечь и лежать, но я не позволяю себе этого, как не позволяю плакать. Интересно, мне кажется, или крылья Моники почернели по краям? Что это может значить?

Не хочу вставать с кровати, делая это через силу, не хочу идти на завтрак, даже мыться не хочу. Единственное желание — лежать и плакать, но я знаю, что такое «надо». Я не доставлю им такой радости, поэтому встаю, бегу на зарядку, умываюсь, с трудом запихиваю в себя еду, глядя в ставшие равнодушными глаза Моники. Мы почти перестали общаться, в точности, как было написано в той самой книге, и от этого ещё больнее.

Ещё вчера я думала: может, я действительно в чём-то провинилась, а всё остальное просто придумала себе, но именно точное совпадение с написанным в книге и убеждает меня в том, что ничего я не придумала. Поэтому, тяжело вздохнув, я плетусь на урок истории, и только крылья чуть подрагивают, показывая, как плохо у меня на душе.

От урока истории неприятных сюрпризов я не жду, но, наверное, кто-то хочет попытаться меня добить, потому что других объяснений я не нахожу. Есть что-то предвкушающее в глазах учителя, да и Моника чего-то ждёт. Интересно, она сама не видит почерневших концов своих крыльев? Что это означает всё-таки? Ведь должно что-то означать?

Я вхожу в хорошо знакомый класс, в котором я будто в вакууме. Между мной и одноклассниками целый ряд пустых парт, а на меня совсем никто не смотрит. Моника с каким-то странным выражением в глазах садится рядом. Судя по всему, буду я сегодня плакать прямо здесь. Или, может, сумею сдержаться? Не знаю, зависит от того, насколько болезненным будет то, что покажут. Что мне могут показать?

— Много лет назад, — начитает ангелица совершенно

без предисловий, — у людей прошла эпоха болезней. У ангелов было много работы, прошу внимание на экран.

В проекции умирающие люди, медленно, очень медленно они покидают свои тела, цепляясь за родных и близких, ангелам приходится тащить их души почти силой. Я понимаю, что сейчас будет, ведь совсем недавно читала об этом периоде. Сейчас меня вызовут и будут показывать ту самую школу, которая является примером людской жестокости — запертые в каком-то доме дети медленно умирают от голода. Какая реакция от меня ожидается? Чего они хотят?

И тут учительница начинает вызывать моих одноклассников, полностью игнорируя меня. Необычно, просто очень необычно, но спокойные и внимательные маленькие ангелы просто отвечают на вопросы, без участия в истории замершей проекции. И вот когда остаётся только Моника и я, вызывают уже меня. По идее, если всё сводится к вопросам, то ситуация должна быть довольно простой, только вряд ли всё так просто. Скорей всего, для меня, уже ожидающей того же сценария, приготовили что-то особенное. А как обоснуют?

— Курсант Катрин, вы отвлекаетесь и невнимательно слушаете, — строго говорит мне ангелица, давая понимание того, какой мотив она использует. — Поэтому для вас особое задание. Вот перед вами маленький человек, вы должны решить, будет он жить или нет.

Такая постановка вопроса не просто подла по сути

своей, она должна меня уничтожить. Размазать именно таким выбором, ведь не зря запрещают этические парадоксы. Я могу решить, что малыш выживет, дав ему немного моих сил, пока не подоспеет помощь. Сейчас я не помню, что это произошло очень давно, я действительно могу сделать такой выбор. Вот только это делать запрещено. Если я поступлю «по совести», то нарушу инструкцию, а если по инструкции, то нарушу... предам себя.

Думая об этом, я представляю, что там не просто какой-то ребёнок, а самый близкий мой человек, стараясь вызвать то самое ощущение, после которого я проснулась в медпункте. Итак... У меня никого нет, Моника предала, родители в аду, а вот он — самый близкий, единственный, родной... Я уже верю в это, в груди разгорается настоящий пожар, я почти ничего не слышу, и...

— Ваша задача — не убить её! — слышу я раздражённый голос, едва только открываю глаза. — По крайней мере, не так!

— Я и не подозревала о возможности подобной реакции! — эмоционально отвечает ему женский голос, в котором я узнаю Александрию. — Она должна была зарыдать, что ускорило бы приход апатичного состояния!

Вот как, значит, моё самочувствие было спланировано! Ну, а чему я удивляюсь? Только, по-моему, это не соответствует «этике ангела», просто совсем не соответствует. Что же это за великая цель такая, из-за которой можно унижать и почти уничтожать ребёнка? Я же ребёнок? Или уже нет? Спросить, конечно же, мне некого, я в медпункте, и до меня доносятся отдельные фразы беседы взрослых, от которых хочется плакать. Оказывается, у меня в груди ожило адское пламя, чуть не сжёгшее меня саму. У демонов такое пламя — это само сердце, а у ангелов — болезнь. Значит, мне остаётся недолго, раз я так заболела уже... Не будет у меня ничего — ни человеческого мира, ни нормальной жизни, адский огонь сожжёт меня, ведь тепла близких, которое нужно для лечения, у меня нет.

— Курсант Катрин, вставайте, — произносит целитель, глядя на меня с некоторым сочувствием. Но я ему уже не верю. — Вас ждут в классе.

— Да, я сейчас, — киваю я, силясь встать.

Целитель видит мою слабость. Воровато оглядевшись по сторонам, он достаёт неприятно выглядящий шприц, затем откладывает его и буквально силой вливает мне в рот какую-то микстуру, горькую настолько, что у меня глаза лезут на лоб. Но через мгновение дурноты я чувствую прилив энергии, что позволяет мне довольно легко встать с кровати. Мне даже кажется, что я могу бегать и прыгать, но я себя, разумеется, сдерживаю. Надо в класс идти и делать это так, чтобы никто не догадался, что мне помогли. Всё-таки, в прошлой школе и прошлой жизни было как-то проще, а тут всего за полгода меня чуть не уничтожили.

Я это очень хорошо понимаю, идя в сторону класса. Не знаю, что мне дал целитель, но, учитывая, что он воровато оглядывался, это не было предусмотрено моими мучителями. Что же я им всё-таки сделала? Не может такого быть, чтобы они просто из-за правил старались меня сломать, не хочу в это верить почему-то.

— Курсант Катрин, вы сорвали урок, — жёстко говорит мне Александрия, как только я вхожу в класс. — Ваш проступок мы обсудим после экскурсии.

Оказывается, терять сознание — это уже проступок. Учительница говорит зло, одноклассники на меня внимания не обращают, только Моника смотрит как-то оценивающе. Не желая разочаровывать её, я опускаю голову, пытаясь отвлечься от интонаций и оценить информацию. Александрия сказала «экскурсия», значит, именно там Моника сделает всё, чтобы поссориться со мной, а я... А я, получается, чем-то важна настолько, что меня нужно превратить в дрожащее, ничего не желающее существо, но не убивать. По крайней мере, именно такую информацию я получила в медпункте.

— Мы отправляемся в мир людей на экскурсию, — продолжает Александрия свою речь, даже не предложив мне сесть. — Все должны держаться подле меня, потому что людской мир опасен.

Ого... Экскурсия в людской мир? Для школьников? Интересно, это просто шоковая терапия, или же сделано только из-за меня? Нет ответа на эти вопросы, да и задать их некому, поэтому я просто пристраиваюсь в конец уже образовавшегося строя, без удивления обнаружив рядом с собой Монику. Если верить той книжке, сейчас моя надзирательница должна проявить участие, чтобы последующий удар был более болезненным. Я помогу ей...

Подняв голову, я жалобно смотрю на Монику. Она, едва заметно поморщившись, обнимает меня, отчего мне прежней стало бы тепло, а теперь я лишь старательно расслабляюсь в её руках, чтобы она ничего не подумала. Видимо, Моника удовлетворена эффектом и, насколько я вижу из-под опущенных ресниц, едва заметно кивает ангелице.

— Все следуют строго за мной! — командует Александрия, начиная движение. — За нарушение указаний — немедленное отчисление!

Сейчас нет и следа от той доброй, ласковой ангелицы, что была в самом начале занятий. Сейчас Александрия — это злая, как демоница, учительница, готовая сурово покарать за что угодно. Мне становится страшно, но я не показываю этого. Мне нельзя показывать ни свой страх, ни то, что я полна сил. Нужно догадаться, когда наступит критический момент, и не позволить Монике разорвать со мной отношения, потому что эта экскурсия — не просто так.

Мы спускаемся по лестнице вниз, где в центральном холле школы, украшенном портретами великих, гудит, потрескивая, портал в людской мир. Это большое полукружие, по периметру которого пробегают молнии, молочно-белое по центру. Соваться туда, конечно, страшно, но не страшнее, чем оставаться здесь. Интересно, в какое место нас отправят? Больница? Просто улица? Я не понимаю настоящей цели этой экскурсии, поэтому теряюсь в догадках.

Безропотно шагнув сквозь тугую плёнку перехода, которая, казалось, хочет остановить меня, я оказываюсь в шумном коридоре. Вокруг бегают дети, человеческие. Один пробегает сквозь меня, поэтому я и понимаю, что дети человеческие, ведь они существуют на другом уровне бытия. Александрия что-то делает, и шум почти пропадает.

— Мы находимся в человеческой школе, — произносит ангелица. — Сейчас мы пройдём по коридорам, вы увидите, как живут маленькие люди, сделаете свои выводы, исходя из которых затем будете писать свои сочинения.

Она ведёт нас по коридору, мы заглядываем в классы, в общем-то ничем от наших не отличающиеся, при этом я всё жду, когда Моника начнёт ссору, но она не начинает. Ожидание изматывает, заставляя нервничать. К тому же снова наваливаются усталость и безразличие. Детям же совершенно не до нас, ведь для них мы не существуем, а вот они для нас — очень даже. Я вижу, как маленькие человечки живут, испытывая зависть. Тщательно давлю её в себе, но тем не менее.

Нас ведут по коридору к выходу, где, наверное, и состоится основная часть заготовленного представления, но тут я вижу, как из упавшей прямо передо мной девочки выскальзывает душа. Человеческий ребёнок, умирающий прямо на глазах, бьёт по нервам сильнее любого наказания. К телу бросается какой-то мужчина, начиная что-то делать, мне непонятное, а душа малышки вцепляется в него. К ним присоединяется ещё один, выдыхающий воздух в рот уже мертвого детского тела. И вот тут звуки возвращаются.

— Нет, папа! Нет! — воет душа, цепляясь за мужчину.

— Пульса нет, дыхания нет, — спокойным голосом произносит бросившийся первым к телу мужчина, а вот его душа буквально рвётся из тела.

— Па-а-апа! — кричит душа девочки, возле которой внезапно появляется ангел и принимается отрывать её от самого близкого человека. В этот момент девочка начинает расплываться в воздухе, что означает — душа распадается, умирая ещё и на этом плане.

Я замираю на месте, принимая решение. Я — никому не нужный ангел, у которого нет даже смысла жить, а передо мной — душа, неспособная жить без папы. Есть один шанс оставить её жить, вернуть, но этот шанс — конец для меня, потому что я лишусь крыльев. Я знаю, что так и будет, поэтому оглядываюсь на Монику, глядящую на происходящее с усмешкой. И именно эта усмешка помогает мне принять решение.

Прыгнув к душе ребёнка, я изо всех сил бью ангела, куда достаю, затем обнимаю душу малышки, буквально укутывая всей собой, и под громкий крик Моники прыгаю к телу ребёнка. Мимо пролетает ледяной шар, впечатывающийся в ангела, а в тот момент, когда тело девочки втягивает нас обоих, мимо пролетает ещё и огненный сгусток явно демонической природы. Но — поздно! Тело девочки принимает нас обеих, меня словно окатывает кипятком сзади, вызывая просто запредельную, непереносимую боль, от которой нет спасения. Но последнее, что я слышу, уносясь в пучину холода, это громкий, радостный голос мужчины:

— Есть пульс!

# ГЛАВА ВОСЬМАЯ

Выплывая из небытия, я осознаю, что зовут меня Леной, и это всё, что я о себе пока знаю. Боль, унёсшая меня в небытие, была болью сгоревших крыльев, отчего дышится мне не очень хорошо. Душа же девочки Леночки закрыта мной, потому что ей теперь надо восстанавливаться — она чуть не развеялась. И пока она будет восстанавливаться, за неё буду я, а потом... Не буду загадывать.

Малышке ещё долго восстанавливаться, а учитывая, что тело некоторое время было мёртвым, то, скорей всего, будут последствия. Надеюсь, её не выкинут, а если это и случится, то пусть лучше затронет меня. Она сейчас — как совсем малышка, поэтому будет развиваться в моём тепле, поглощая ангельскую сущность, а когда придёт время, я просто уйду, как уходят люди. Можно сказать, что я уже не ангел... Я ведь этого хотела, не так ли? Но я ни о чём не жалею!

Я нахожусь в каком-то белом помещении, это называется «больница». Вокруг много проводов, что-то мигает, что-то пищит, но я просто не знаю, как называются все эти предметы вокруг меня. Стоит мне только открыть глаза, как громко пищит какой-то прибор. Спустя секунду надо мной появляется какое-то очень доброе улыбающееся лицо. Я таких и не видела, наверное.

— Проснулась наша Леночка, — произносит женский голос. — Всё хорошо, маленькая, папа сейчас придёт, не волнуйся.

— А... Кх-ка... — пытаюсь я что-то сказать, пугаясь своей немощности, но сверху опускается мягкая рука и начинает меня поглаживать, отчего становится очень тепло. Я хочу тянуться за этой рукой, обнимать её, целовать, но слабость не даёт мне этого сделать.

— Что тут? — слышу я другой голос, воспринимающийся таким родным, что всё тело, кажется, тянется к нему.

— Очнулась, Виталий Палыч, — откликается женщина всё тем же ласковым голосом. — Испугалась наша малышка очень.

— А я-то как... — отвечает ей названный Виталием Палычем мужчина. Спустя мгновение лиц надо мной становится больше. — Ну, как ты, котёнок?

— Не говорит ещё, — вздыхает его собеседница. — Но

мы не будем бояться, да? — спрашивает она меня, и я киваю, заглядывая лицо... папы?

Округлое лицо, на котором выделяются небольшой нос, губы и синие глаза, окружённые сеточкой морщин — всё это притягивает мою сущность, буквально кричащую: это папа! Папа! И я поддаюсь голосу себя внутренней, стараясь хоть как-нибудь поднять руки, что у меня не получается.

— Тихо, тихо, — к руке незнакомой женщины добавляется папина, от которой вдруг становится очень тепло. Настолько, что пустота в душе как-то моментально исчезает, заполненная этим теплом. Не знаю, как у него так получается, но, кажется, у меня даже улыбнуться выходит. — Теперь всё будет хорошо, — улыбается он мне. — Идите, Виктория Юрьевна, — просит он женщину. — Я сам посижу с доченькой.

Творец, сколько же ласки в его голосе, сколько тепла и нежности, как будто я что-то действительно значу! Может быть, не выкинет ребёнка из-за того, что случилось? Может ли так быть? Я не знаю... Мой опыт говорит о том, что я стала обузой для родителей, ангелы бы... Кстати, об ангелах, мне приснились двое демонов рядом с Моникой? Как-то слабо помнится, что было перед тем, как всё погасло...

— Не бойся, доченька, — ласково говорит мой... папа. — Теперь всё будет хорошо. Попробуй что-то сказать.

— Па-па... — шёпотом произношу я и замолкаю,

потому что не получается говорить, но его эти два звука как-то очень сильно радуют.

— Вот умница какая! — улыбается мне ещё шире папа. — Видишь, какая молодчина? А вот сейчас ты немножко попьёшь и поспишь, хорошо?

Я киваю, потому что ему виднее, во-первых, и выбора всё равно никакого нет, во-вторых. Мне кажется, что я попала в сказку, но при этом очень хочется, чтобы сказка никогда не заканчивалась. Обещаю, что буду самой послушной девочкой на свете, только не забирайте у меня это чудо!

Папа даёт мне попить из специальной чашки, совсем немного — он говорит, что больше нельзя, а потом... Я просто замираю — не в силах даже нормально дышать, хотя воздух дует в нос — пока папа тихим-тихим голосом, как-то очень нежно поёт мне песенку. Она убаюкивает, при этом буквально купая меня в ласке. Со мной такого никто и никогда не делал, даже плакать хочется, но слёз почему-то нет. Вместо того чтобы разреветься, я послушно засыпаю. Я же обещала быть послушной...

Стоит провалиться в сон, и я оказываюсь в ангельской школе, поначалу даже испугавшись того, что вернулась. Я не хочу туда возвращаться, ни за что на свете! Но вижу я происходящее откуда-то со стороны и даже, кажется, сверху. Какой-то незнакомый мне архангел вышагивает по холлу, а Авиил и Александрия стоят, низко опустив головы, как провинившиеся школьники. В этот момент появляется звук.

— Меня не интересует, что и зачем вы сделали! — почти кричит архангел. — Но в результате школа лишилась двух учениц!

Как двух? А кто тогда вторая? Над кем-то ещё так же издевались?

— Воля Творца... — тихо говорит Александрия. — Подавить...

— По воле Творца, значит, девчонка отказалась от крыльев и стала человеком? — едко интересуется архангел. — Или по воле Творца курсанта Монику забрали демоны?

Как забрали Монику?! Она же выполняла всё, сказанное ей? За что же её в ад? Но этот архангел явно не обманывает, да и всё похоже вокруг на правду... Но кто и зачем мне показывает этот сон? Неужели Творец? А зачем? Чем я ему так важна? Ведь если верить тому, что говорит Александрия, он сам же приказал это со мной делать.

— Покажите мне эту волю, — приказывает архангел, видимо, директор или ещё какой-то большой начальник.

Авиил взмахивает рукой, отчего воздух искрится, а перед архангелом появляется свиток белого цвета, чуть светящийся изнутри. Большой начальник вчитывается в свиток, с интересом поглядывая на Авиила.

— Здесь написано, что вы должны воспитать школьницу в уважении к старшим и ценностям народа ангелов, — в голосе архангела слышится буря. — В готовности выполнить приказ Творца. Больше ничего. Итак, я повторю свой вопрос: как вы довели одного ангела до отказа от своего народа, а второго — до ада?

Значит, Творец не приказывал всё это со мной делать, а это было волей Авиила и Александрии, и я зря думала, что все против меня? Почему-то не верится в правдивость того, что я вижу. Я все равно ни за что не вернусь, пусть хоть зефиром обмажут! Я останусь там, где тепло... Но почему, за что они со мной так поступили?

— Ты узнаешь это в своё время, — слышу я негромкий голос откуда-то из-за спины, но повернуться почему-то не могу. — Я решил, что ты должна это знать. А теперь возвращайся туда, где ты нужна.

— Вы Творец? — спрашиваю я, ощущая себя так, как будто являюсь куском стены.

— Да, Катрин, я Творец, — слышу я в ответ. — Мы встретимся с тобой, когда ты выполнишь то, ради чего пожертвовала собой. А все виновные в твоём самопожертвовании — да будут наказаны!

С потолка срываются ветвистые молнии, упираясь в куратора и учительницу, исчезающих с диким криком, а Архангел только вздыхает, пробормотав что-то о дураках, желающих взывать к Творцу. И в этот самый миг я просыпаюсь.

Я открываю глаза и сразу же вижу, что папа никуда не ушёл. Он дремлет на стуле рядом с моей кроватью и кажется мне таким родным, таким... Я такого чувства, наверное, никогда не испытывала. За одно это ощущение родного анг... человека рядом я готова отдать всю свою ангельскую сущность. Наверное, ангелы не ожидали, что я решусь на такой поступок, потому что кто же добровольно от крыльев откажется? Это очень больно, да и страшно для любого адекватного ангела. Только вот я уже не ангел, меня лишили всего...

Тихо гудит какой-то прибор, отчего папа сразу же открывает глаза, встречаясь взглядом со мной. В его усталых глазах — радость. Он искренне рад меня видеть, а я... Я робко улыбаюсь ему, что радует ещё больше этого необыкновенного мужчину. Я вижу его улыбку, чувствую сразу же погладившую меня руку и сама улыбаюсь.

— Что со мной? — с трудом выговариваю я, вглядываясь в папино лицо.

— Мы пока не знаем этого, котёнок, — качает он головой, и я вижу — он говорит правду. — У тебя в школе остановилось сердце, поэтому будем его обследовать, а ты у меня полежишь, хорошо?

— Хорошо, папа, — киваю я.

Он спрашивает меня так, как будто последнее слово за мной, а не за ним, как будто его интересует моё мнение, и от этого мне становится теплее. И странно ещё, потому что интересоваться мнением ребёнка у ангелов как-то не принято, и этот контраст ещё раз подтверждает, что я попала в сказку.

— Мама скоро придёт, — произносит он, продолжая меня гладить. — А мы с тобой пока покушаем, не возражаешь?

— Не хочется, — вздыхаю я, всё отлично понимая. — Но надо, я знаю, так что давай покушаем.

— Неожиданно ты повзрослела, — папа внимательно смотрит на меня и отчего-то кивает сам себе. — Но такое бывает, так что не волнуемся.

— А зачем мне дует в нос? — интересуюсь я, на что папа сначала бросает взгляд на какой-то прибор, а потом уже отвечает мне.

— Это кислород, котёнок, — произносит он. — Он тебе нужен, потому что у тебя внутри что-то испортилось, но мы поищем, как это исправить.

Папа говорит мягким, спокойным голосом, заставляя меня успокоиться. Я, впрочем, не нервничаю, уже смирившись со всем, что происходит со мной, но вот это тепло, эта ласка... А ещё тот факт, что папа не врёт, не старается обмануть даже во имя блага. Он говорит, как есть, смягчая, конечно, но как есть. И интересуется моим мнением. Это вообще невозможная сказка, потому что моим мнением никто и никогда не интересовался.

Какая-то незнакомая женщина приносит поднос, но папа останавливает её, что-то делая с моей кроватью. Спинка сама поднимается, усаживая меня, передо мной появляется столик, на котором обнаруживается и поднос. Я уже хочу отказаться, потому что просто нет сил поесть, но тут вдруг оказывается, что папа и не ожидал, что я буду есть сама. Он берёт в руку ложку, поднимая крышки, лежащие на тарелках.

— Сейчас мой котёнок будет кушать, — по-прежнему ласково говорит папа, зачерпывая прозрачный суп ложкой. — Ну же, открывай ротик.

Я ошарашенно открываю рот, чтобы узнать, как это, когда кормят. А папа кормит меня медленно, спокойно, никуда не торопясь и... и хвалит, хвалит за каждую ложку. Я с трудом удерживаюсь от того, чтобы не заплакать, хотя суп не очень вкусный — он несолёный совсем. Но, возможно, так нужно, поэтому я не сопротивляюсь и не задаю вопросов.

По моим щекам текут слёзы, все-таки я за совсем небольшое время получила ласки и тепла больше, чем за всю свою жизнь. Папа останавливается, вытирает мне слёзы, с тревогой вглядывается в глаза, затем осматривает приборы и начинает гладить. Я чувствую такое тепло... Просто невозможно описать, что именно я чувствую, но уже абсолютно точно не хочу быть ангелом, за такое тепло отдать крылья не жалко, пусть даже оно и не навсегда, но я сохраню эти моменты в памяти, что бы меня ни ждало в будущем.

— Испугалась, моя малышка, — ласково говорит папочка, продолжая меня гладить. — Сейчас котёнок доплачет, и дальше покушаем, да?

— Да, папа, — киваю я, стараясь вложить в это слово всё, что испытываю.

Он осторожно обнимает меня, прижимая к себе, но как-то очень бережно, как будто я из стекла сделана. Я погружаюсь в свои ощущения, проверив заодно, как восстанавливается душа малышки. Ей нужно будет пройти весь путь от младенца до... до текущего состояния и потом отпустить меня... Так будет, потому что таковы законы нашего мира, хоть мне и не хочется всего этого терять.

— Как тут наша маленькая? — слышу я женский голос, даже не сообразив, что кто-то ещё вошёл, так я погружена в свои ощущения.

От этого голоса тело само тянется на звук, отчего я понимаю — это мама. Мне очень хочется посмотреть, какая она — моя мама? Судя по голосу, она добрая, потому что я слышу в нём волнение, ласку, беспокойство. В следующее мгновение я вижу женщину с длинными тёмными волосами, овальным лицом, на котором выделяются зелёные глаза. Я смотрю в них не отрываясь, очень жалея о том, что не могу потянуться к ней и обнять, как хочется моему телу.

— Здравствуй, любимая, — откликается папа, потянувшись к женщине.

Он ловит её руку, на мгновение прижимая к губам, причём этот жест мною воспринимается не как чудо, значит, он вполне привычен Лене, которой я стала, пусть и временно. Мама отводит взгляд от меня, и я просто на мгновение задыхаюсь от обилия чувств, ведь она смотрит на папу с такой любовью!

— Испугалась малышка сильно, — объясняет папа, вздохнув. — Мы сейчас докушаем и поедем исследоваться, ты халат надень только...

— Давай я доченьку покормлю? — предлагает мама. — Она долго?..

— Долго, — вздыхает папа, уступая место маме. — При этом непонятно отчего, ну и сюрпризы, конечно, почти минута же...

— Галлюцинации могли быть, — комментирует мама, начиная уверенно кормить меня. — И не самые простые.

Мама тоже доктор? По-моему, Лена этого не знала, но учитывая, как мои новые родители общаются между собой, они оба врачи. Так у людей называются целители, я в книге прочитала, да и в памяти есть что-то об этом. Мама с папой разговаривают о чём-то, мне не очень понятном, при этом меня кормят с ложечки, не забывая похвалить. А я смотрю на маму, вбирая в себя её образ... Смотрю и не могу насмотреться на эту добрую, ласковую женщину... Мама...

# ГЛАВА ДЕВЯТАЯ

Меня возят прямо в кровати. Возят по всей, кажется, больнице, пытаясь, насколько я понимаю, выяснить, что со мной произошло, отчего я умерла, ну не я, конечно, а Лена, но пока я — это она, поэтому я. Врачи спорят, но при этом каждый — каждый! — старается меня погладить и улыбнуться! Как будто я — не посторонняя девочка, а близкая. Это просто не укладывается в моей голове... Почему люди такие?

Мама разговаривает со мной вроде бы ни о чём, но от этого разговора становится очень спокойно и появляется уверенность в родителях, да и в будущем, хотя я уже знаю, что со мной не всё в порядке. Я ног совсем не чувствую, как будто их нет, но сказать об этом боюсь, потому что не знаю, какой будет реакция, а терять это тепло очень не хочется. Но мамины разговоры помогают, поэтому я решаю признаться.

— Мама... — зову я её, а потом мне становится страшно, я зажмуриваюсь и выстреливаю своё признание:
— Я ног не чувствую...

Сжавшись, я жду её реакции, боясь открыть глаза, но вдруг чувствую объятия, Мама прижимает меня к себе, какой-то аппарат гудит, но мне ещё страшно и постепенно становится холодно, отчего всё куда-то пропадает. Я как будто плыву в чём-то очень холодном и не могу открыть глаза. Я даже тела не чувствую! Но стоит мне испугаться по-настоящему, и всё заканчивается.

— Вот так, дыши, моя маленькая, — слышу я какой-то очень спокойный голос папы. — Любимая, не сейчас, потом поплачем.

— Да, любимый, — откликается голос мамы, и я слышу в нём страх. Она испугалась... за меня? Такое бывает?

— Открываем глазки, — просит меня папа. Я же послушная? Вот, стараюсь.

Перед глазами всё плывёт, но папу я вижу, а ещё вижу у него над головой нимб, как у легендарных архангелов. Но папа же человек, я точно это знаю! А если нимб, значит, он праведник, нам в школе рассказывали. А если праведник, то не сделает плохо никому и никогда, значит... меня не бросят?

— Привиделось что-то, когда заканчивалась, — комментирует мама. — Теперь боится непонятно чего, это очень заметно. Ну и к нам тянется.

— Испугалась, — папин голос по-прежнему спокоен, и я сосредотачиваюсь на нём, видя в его глазах не просто страх, а ужас. — Тебе нельзя так пугаться, котёнок, — сообщает он мне.

Я только киваю, потому что говорить почему-то не могу, а сама думаю. Я думаю о том, что мне повезло, потому что праведники — они святые. Впрочем, выяснить, что теперь будет, всё равно надо, потому что я же теперь... Неправильная же. Как с этим дело обстоит у людей, я не знаю, а неправильные ангелы исчезают просто. Если вдруг что-то случается, то просто в один день ангел как будто исчезает. У меня была бы возможность узнать это, если бы я не решилась. Поговаривают, что неправильных ангелов просто сжигают в адском огне, и всё. Это, наверное, очень больно, больнее, чем когда сгорают крылья.

— Не бойся, котёнок, — мягко говорит мне папа. — Ничего страшного не случилось. Ножки мы починим.

— А если нет? — с трудом произношу я, буквально продавливая слова сквозь пересохшее горло.

— Тогда ты будешь очень особенной девочкой, — улыбается мама, гладя меня по голове.

Особенной? Не неправильной, а особенной? Это слово совсем нестрашное, оно доброе, поэтому я успокаиваюсь. Человеческий мир — это просто сказка, я понимаю это теперь очень хорошо. По сравнению с любовью и теплом, которое я испытываю тут, мир ангелов кажется ночным кошмаром. Просто обычным кошмаром, которого не может быть.

Ещё замечаю: мама, папа и другие врачи не говорят «умерла», только иносказательно — «закончилась» и «остановилась». Наверное, это что-то значит, но оттого, что я не слышу того, чего ожидаю, мне почему-то спокойнее. Меня всё ещё возят по кабинетам, но я уже чувствую себя уставшей, поэтому почти не реагирую ни на что. Мне есть о чём подумать.

Я учусь жить заново, здесь я очень хорошо понимаю это. Для меня многое оказывается необычным — тепло родителей, забота, доброта... Неужели мир людей настолько отличается от ангельского? Тогда ещё непонятно, кто здесь ангел... Мне тяжело поверить, но при этом я чувствую, что меня не обманывают. Они действительно не обманывают и, что очень странно, не скрывают от меня ничего. У нас бы... Всё, забыла об ангелах, забыла!

Папа очень внимательно смотрит на «параметры монитора», так называется то, что показывает аппарат в моём изголовье. Этот аппарат рассказывает папе, безопасно ли то, что со мной делают, а я просто лежу не шевелясь, чтобы не мешать работать людям. Лежу и думаю обо всём случившемся.

Жизнь ребёнка в людском мире сильно отличается от жизни, к которой я привыкла. Правила, конечно, существуют, но эти правила сами собой разумеются — не делать плохо себе, вовремя кушать и говорить, когда больно. Эти правила очень просты, они естественны, потому что я в больнице... А ещё — мама и папа не хотят, чтобы мне было больно! Они так и говорят, что не хотят этого, и я иногда даже просто плачу от такой заботы и ласки.

Вот что со мной произошло, папа не понимает, поэтому звонит своим друзьями и знакомым, чтобы узнать. Ну, насколько я это понимаю. Здесь мне одиннадцать лет, я доселе ходила в школу, но что-то случилось, я не поняла, что — и моё сердце остановилось. Мама что-то говорит о плохой оценке, но умирать из-за плохой оценки? Ведь, судя по родителям, за это Лену не наказывали? Надо будет осторожно узнать: может, за плохую оценку у человеков принято сильно наказывать, и я просто испугалась?

— Мама, а как принято наказывать за плохую оценку? — интересуюсь я у той, кто просто купает меня в своей любви и тепле.

— Оценку, доченька, учитель ставит себе, своему умению научить, — с улыбкой отвечает мне мама. — Есть, конечно, недалёкие люди, которые кричат на ребёнка за это, но мы не наказываем никак.

— А то, что я мало помню, это плохо? — сразу же обосновываю я свой вопрос.

— Это нормально, Алёнушка, такое бывает, — успокаивает она меня, а я замираю от того, как меня назвали.

Новое имя очень ласковое, но непонятное. Ведь меня зовут, насколько сохранила память, Лена, почему тогда Алёнушка? Может быть, у людей есть несколько имён? Интересно, а у меня сколько их тогда? Раз ничего не помнить — это нормально, по словам мамы, тогда буду задавать вопросы, потому что спрашивать, кажется, не запрещено. Только нужно осторожно, потому что вдруг подумают, что я — это не я? Страшно от этой мысли, но бояться нельзя, потому что сердце может не выдержать, так папа сказал, а он точно знает, как правильно.

Меня сажают в коляску на больших колёсах, чтобы возить. Ног я по-прежнему не чувствую, значит, ходить не могу, а крыльев у меня больше нет. При этом меня называют особенной, отчего на душе становится тепло, и очень сильно заботятся. Обо мне так никто и никогда не заботился, поэтому я сначала насторожена, но спустя несколько дней просто расплываюсь в этом тепле и ласке.

Я слушаю, о чём говорят родители со своими коллегами, понимая, что со мной не всё просто, но просто ведь и не могло быть, ведь я вернула душу, время которой истекло. То, что я просто не могла поступить иначе, это другой разговор, факт же остаётся фактом. А теперь мне нужно учиться многому заново. Просто с нуля учиться, и не только общению с родителями.

Внезапно оказывается, что у меня очень сильно болят запястья рук, отчего я самостоятельно даже ложку держать не могу. Это так внезапно и неожиданно, что в первый раз я от неожиданности просто плачу, напугав маму. Папа же быстро ощупывает мои руки, после чего сразу их забинтовывает.

— Не надо плакать, маленькая, всё будет хорошо, — гладит меня мама. — Что случилось?

— Судя по всему, боли усилились резко, — отвечает ей папа. — Помнишь, она жаловалась?

— Вот прямо настолько резко? — удивляется мама, прижимая меня к себе. — Тогда бандажи нужны.

— Нужны, — я слышу, что папа согласен, но вот о чём они говорят, не понимаю.

Боль в перевязанных руках медленно отступает, но я всё ещё дрожу от неожиданности. Такого я совсем не ожидала, хотя в памяти есть что-то подобное, но не такое сильное. Что происходит, я не понимаю, а от неожиданности просто теряюсь. Но мама как-то очень быстро это понимает, обнимая и успокаивая. Правда, после этого опять начинается поиск, от которого я сильно устаю. Папа точно не понимает, что со мной такое, а мама очень обеспокоена, они сосредотачиваются только на мне, а я не понимаю — неужели их начальники не ругаются?

— У нас очень понимающие начальники, — отвечает мне мама, гладя по голове.

Она сидит рядом постоянно, только иногда её папа подменяет. Родители и спят в той же палате, и стараются меня не оставлять одну, как будто я в любой момент могу... уйти, но я-то знаю, что теперь уже нет, потому что Лена теперь будет жить долго, такова цена ангельской сущности.

— Что же тебе приснилось, доченька? — спрашивает меня мама после обеда. Папа уходит смотреть какие-то результаты, а мама, видимо, решает поговорить со мной.

Я задумываюсь на мгновение, не зная, что можно рассказывать, а что нет. Впрочем, о предсмертных галлюцинациях мама мне уже рассказывала, поэтому я понимаю, что об ангельской жизни можно спокойно рассказать, и меня не сочтут лгуньей, поэтому я вздыхаю, обнимаю самого родного человека двумя руками и начинаю рассказывать. Мама внимательно слушает.

Я припоминаю своё детство, рассказывая об ангеле Катрин, но теперь уже сравнивая и интерпретируя, мама же гладит меня, всё так же слушая. Рассказываю о родителях — тех, ангельских, о школе... Запинаюсь, но и о наказаниях и стимуляциях тоже говорю, на что мама почему-то всхлипывает. Потом рассказываю о том, как в школе сначала окружили вниманием, а потом начали уничтожать, день за днём.

Я плачу, но мама не успокаивает, она даёт мне выплакаться. Она меня гладит, но молчит, а в глазах её — сочувствие. Рассказывая о днях, проведённых в школе, о предательстве Моники, я уже понимаю, что всё это было не просто так, но не хочу принимать этого факта. Мама понимающе кивает. Затем я говорю о том, что случилось на экскурсии, и она прижимает меня к себе ещё сильнее.

— Что бы ты ни пережила и ни увидела, ты — наша любимая доченька, — сообщает она мне задумчивым голосом. — Спасибо за то, что рассказала.

Я думаю, мама воспринимает мою исповедь как сказку или видение, но мне после рассказа становится легче на душе. Исчезает ощущение того, что я их обманываю. Поверили мне или нет — это, оказывается, не так важно. Важно моё внутреннее ощущение — я рассказала, я... хорошая?

— Страшная жизнь была у этой девочки, Катрин, — негромко говорит мне мама. — Как только она не сломалась?.. Ни родителей, ни поддержки, только одиночество... Такого никогда не будет, Алёнушка, никогда.

— Никогда-никогда? — совсем по-детски спрашиваю я, заглядывая ей в глаза и видя в них лишь ласку и уверенность.

— Никогда-никогда, — зачем-то нажимает она мне на кончик носа пальцем. Наверное, этот жест означает подтверждение, надо его запомнить и потом спросить, когда разрешается его использовать.

Наверное, этот рассказ меня сильно выматывает,

поэтому я задрёмываю, прикрыв глаза, почти засыпаю. А потом приходит папа, я реагирую на его голос, просыпаясь, но глаз не открываю, чтобы послушать, о чём родители будут между собой говорить, когда думают, что я не слышу.

Как я и ожидаю, мама быстро пересказывает папе историю Катрин, при этом комментируя каждый рассказанный ей эпизод так, что я понимаю: меня толкали к этому шагу. Меня действительно хотели убить или уничтожить, но так, чтобы это было похоже на мою инициативу. Но вот мама при этом говорит, что нужно приглядеться к моей школе, и что нет в рассказанном ничего странного, но я успокоилась, и это очень хорошо.

— А ты чем порадуешь? — интересуется она у папы, на что тот только тяжело вздыхает.

— Сердце меньше, чем по возрасту положено, — грустно говорит он наконец. — Удлинение интервала и ещё вот эта непонятность. Но мы же её смотрели! Почему не увидели?

В папином голосе искренняя боль, а всё, что я понимаю — в сердце откуда-то взялась то ли дырка, то ли несколько, отчего ему совсем нехорошо, но папа не знает, откуда она взялась, зато мама, кажется, догадывается. Я открываю глаза, чтобы увидеть, как они спорят, но ничего сходу не понимаю, после чего делаю своё предположение.

— А могла эта дырочка быть спрятанной? — интересуюсь я, отчего родители замолкают.

— Субкомпенсация*? — непонятно интересуется папа у мамы, на что та медленно кивает.

После этого родители меня хвалят, а затем папа садится рядом и рассказывает, что происходит. Ну, что они открыли, причём говорит так, как будто я и не подслушивала. Папа говорит, что моё сердце меньше по размерам, чем должно быть, а ещё — что в нём нашёлся «сочетанный порок», который надо бы оперировать, но «здесь» за него никто не возьмётся, поэтому надо думать, что делать.

— А если ничего не делать? — интересуюсь я, на что папа только вздыхает, даря мне понимание.

Я очень благодарна родителям за то, что они от меня ничего не скрывают. Просто очень-очень. Потому что это — доверие, а доверие я очень ценю.

---

\* Редкий вариант развития порока сердца. Заключается в том, что проявляется этот порок только при определённых условиях, а при обычных — необнаруживаем.

## ГЛАВА ДЕСЯТАЯ

**Я** ничего не могу делать сама. Мне просто больно. Больно взять в руку вилку или зубную щётку, больно пересесть, больно даже бельё спустить в туалете. Если бы не непрерывная мамина забота и папино тепло, это сломало бы меня быстрее, чем школа ангелов, но родители как-то чувствуют, когда я начинаю грустить и сразу же отвлекают меня играми, книгами и просмотром бегающих человечков в проекции, называемой «телевизор».

На мне подгузники, это такие трусики, в которые можно... под себя ходить можно. Потому что больно мне, да и чувствую я не всегда, поэтому они необходимы, а ночью простынка всё впитает, если я не почувствую во сне. Для рук папа принёс специальные ортезы, они плотно охватывают запястье и фиксируют руку, отчего боль уходит, но вот пальцы... С пальцами всё очень грустно, и что с этим делать, я не знаю. Папа говорит, что болезнь была у меня всегда, но усилилась оттого, что я «закончилась». Я же думаю, что это такая месть Творца за моё вмешательство. Однажды, я верю, я ему выскажусь.

— Ну что? — мама внимательно смотрит на папу, задавая лишь один вопрос.

— У нас этим не занимается никто, — тяжело вздохнув, отвечает папа. — Даже мыслей нет, а тип отдалённо похож на вот этот, — он что-то показывает маме. — Но есть различия, значит, может быть новым.

— И что же делать? — я вижу, что эта новость приводит маму в отчаяние, но даже не знаю, что можно сказать в таком случае.

— Ну как что... — папа вздыхает. — Я вспомню свои корни, подам запрос и...

— Но ты же не любишь ту страну? — удивляется мама, автоматически уже проверив меня. — Как же ты...

— Ради котёнка и не такое сделаю, — объясняет свою позицию папа, на что мама медленно кивает.

Я не знаю, о чём они говорят, но теперь мои дни меняются. Мама начинает заниматься со мной, учась и сама. Мы учим новый язык, который я, конечно же, отлично понимаю, как и все человечьи языки, но стараюсь этого не показывать, потому что это необъяснимо. При этом я осознаю, что понимать-то я понимаю, даже говорить могу, но не могу ни читать, ни писать, а для того, чтобы там жить, надо это уметь. Хотя, где это «там», я ещё не знаю.

Папа занимается какими-то «документами», а я увлекаюсь изучением языка — это отвлекает меня от боли и от мыслей о своей беспомощности. Чтение и письмо наиболее интересны, потому что встречаются просто сверхдлинные слова, понять которые можно, только разложив на составляющие. Ещё я прошу маму рассказать мне о той стране, куда мы, видимо, уедем, хотя причины до сих пор не понимаю.

— Мама, — не выдержав этого непонимания, обращаюсь я к ней. — А зачем нам уезжать?

— Понимаешь, доченька, — медленно произносит она, о чём-то раздумывая, насколько я вижу. — Твоя болезнь здесь неизвестна. Приборов, чтобы тебе помочь, у нас просто нет, да и специалисты не берутся за твоё сердце, но там, в Германии, у тебя больше шансов выжить и жить сравнительно нормальной жизнью.

— Вы это... из-за меня? — неожиданно понимаю я. — Мама! Спасибо-спасибо-спасибо!

Такого я не ожидаю просто. Ради меня, ради того, чтобы мне было комфортно, папа и мама хотят зачеркнуть свою здешнюю жизнь, уехать в далёкую страну, всё начиная сначала в незнакомом месте, среди чужих людей... Только ради меня! Это невозможно представить, и от этого мне хочется плакать, просто плакать не переставая, потому что чудо же...

Мама, а потом и папа меня долго успокаивают после этого, рассказывая мне, что это нормально — всё делать ради своего ребёнка, а для меня это такое откровение, как личное обращение Творца! Я себе раньше подобного даже и не представляла, чтобы ради меня... Ради меня!

— Котёнок, ты — смысл нашей жизни, — говорит мне папа, и я снова плачу, потому что просто не могу себе представить, что такое может быть.

Люди очень отличаются от ангелов, просто очень. В эти мгновения мне в голову впервые приходит мысль о том, что ангелы — совсем не ангелы, но у кого спросить, я не знаю, поэтому спрашиваю маму. Она же знает, что я была ангелом, но считает, что мне это привиделось, впрочем, это неважно. Поэтому, я думаю, вполне естественно, что я хочу узнать, каковы ангелы? Вот мама так же думает.

— Значит, ты хочешь узнать об ангелах... — задумчиво говорит она. — Тогда нужно спрашивать батюшку.

— А кто это такой? — удивляюсь я, потому что такое название слышу впервые.

— Это священнослужитель... хм... — мама понимает, что и это слово мне вряд ли что-то скажет. — Он в ангелах хорошо разбирается, — наконец, находит она выход.

— Ой, здорово! — улыбаюсь я. — А когда мы сможем его спросить?

— А вот прямо сейчас пойдём, — улыбается она мне, погладив по голове.

Меня нужно одеть, потому что сама я не могу. Я очень многое не могу делать сама на самом деле, но зато у меня есть тепло и ласка родителей, и эта цена, по-моему, вполне адекватная. Я согласна на коляску, подгузник и даже боль, лишь бы родители были всегда такими. Я согласна на эту цену...

Мама одевает меня тепло, потому что на улице осень, несмотря на достаточно тёплую погоду, но я же сижу, поэтому надо. Она надевает на меня платье и повязывает на голову платок. Я, конечно, этой детали одежды удивляюсь, но оказывается, что это просто такая униформа, в которой надо идти в незнакомое место, где «батюшка» живёт. Название этого места — очередное незнакомое слово — я не запоминаю, поэтому просто киваю. От меня на самом деле мало что зависит, хотя мама позволяет даже цвет платья выбрать.

Затем меня сажают обратно в коляску, к которой прикручен баллон с кислородом, чтобы я могла дышать, и вывозят из палаты. Мама двигается не спеша, в нос дует прохладный воздух, отчего мне достаточно комфортно дышится, коляска удобная... У мамы и папы хорошая больница, даже очень, но проблема в том, что даже в ней никто не знает мою болезнь, да и, насколько я поняла, в школе мне будет трудно. Мама перевела разговор на другую тему, когда я спросила, что будет в школе.

Мы идём по коридору до лифта, здороваясь со знакомыми медсёстрами. Мама везёт меня, но здороваемся мы одновременно. Я улыбаюсь людям, и они улыбаются мне в ответ. Хорошие они тут, лучше ангелов точно. Вот и лифт. Это кабинка такая железная, в которой есть серебристые прямоугольники с цифрами. Это кнопки, они так называются, надо нажать нужную, и лифт закроет двери сам и поедет, причём это не заговор, я проверяю это сразу же. Или у меня пропала возможность видеть заговоры, или их тут нет. Интересно как!

Лифт открывает двери, показывая мне большое помещение, оно зовётся «холл». Тут очень много разных людей, которые стоят, сидят и спешат по своим делам, но нам сразу же дают дорогу прямо к прозрачным дверям. За ними — улица, больничный парк, в котором я уже один раз была, и небольшой дом, спрятанный в глубине. В нём живёт тот самый «батюшка», к которому мы идём.

«Батюшка» оказывается мужчиной с длинной белой бородой и добрыми глазами, чем-то на архангела похож. Он одет в чёрное одеяние, как демон, но совсем не страшный почему-то. Наверное, потому что глаза добрые. «Батюшка» представляется отцом Григорием, поинтересовавшись, чем он может помочь, что меня удивляет.

Мама же быстро рассказывает мою историю, заставляя отца Григория посерьёзнеть. «Батюшка» очень внимательно слушает маму, а затем вздыхает.

— Значит, в этом своём видении на грани жизни ты видела ангелов, но недобрых? — интересуется он у меня.

— Они злые, — объясняю я то, что понимаю сейчас. — Люди намного добрее, поэтому я засомневалась.

— А как они выглядели? — интересуется отец Григорий.

— Они во всём белом, а школьники — в серой форме, крылья сложены... — припоминаю я, рассказывая, как выглядит ангел.

— Значит, внешне вполне ангелы, — чему-то улыбается мой собеседник. — А что они говорили, как вели себя?

Я всхлипываю и начинаю рассказывать... Я говорю о «родителях», «школе» — и одной, и другой, о том, как меня предавали, загоняя в формальные рамки. «Батюшка» слушает меня, как папа — очень внимательно, к нему кто-то подходит, но, увидев, что он занят, отходят подальше, чтобы не мешать.

— Я понял тебя, дочь моя, — сосредоточенно кивает он мне. — Вот что, пойдём-ка со мной.

Пригласив меня, отец Григорий ведёт меня куда-то, я не очень понимаю, куда, а мама в это время мне вполголоса рассказывает, почему он «отец» и отчего назвал меня «дочкой». Она явно опасается моей негативной реакции, но я только восхищаюсь, потому что назвать близким незнакомца могут не все, а у «батюшек» так ещё и принято. Не устаю поражаться людям...

Отец Григорий помогает маме поставить коляску так, чтобы мне было удобно, приглашает её садиться и усаживается сам совсем рядом со мной. А потом начинает рассказывать мне историю, похожую и непохожую на ту, что я учила у ангелов. Он рассказывает об ангелах и демонах, но называет их дьяволами, бесами и чертями. История противостояния, история борьбы за души людей, история осознания — вот что это такое. Она отличается от известной мне, при этом я понимаю, что услышанное сегодня — какое-то более правильное, что ли...

— Бесы могут принимать разные облики, — учит он меня, приводя примеры, о которых я и не слыхивала. — И зло может выглядеть добром, но оно всегда выдаст себя.

Он говорит, а я... Я начинаю понимать, что ангелы только выглядят такими, а на самом деле, они почти ничем от чертей не отличаются. Ну, по крайней мере, от тех, что «батюшка» описывает. Он рассказывает именно о бесах и чертях в людских душах, а я просто вижу в его словах... ангелов. Ну, не тех, о которых он говорит, а тех, которых я знала...

— А может так быть, что черти, например, приняли вид ангелов, с крыльями и всем? — интересуюсь я, читая в его глазах ответ.

Значит, возможно, что я была совсем не ангелом, от

этого хочется плакать, но «батюшка», кажется, понимает меня. Он берет в руки книгу, открывает её, что-то недолго ищет, а затем протягивает мне. Слова поначалу кажутся незнакомыми, но я вчитываюсь, и мне вдруг кажется, что на душе как-то светлее становится. Я склоняюсь над книгой и вдруг, неожиданно даже для себя самой, начинаю читать вслух.

Я читаю книгу, в которой слова звучат иначе, чем в том языке, на котором мы говорим, но меня это не беспокоит. Мне от самого чтения, кажется, становиться светлее на душе, появляется какая-то уверенность, и будто бы даже отступает затаившаяся на дне души боль. Стираются остатки пустоты, и я чувствую себя освобождённой. Отец Григорий же чему-то удивляется, поглядывая на картинки, развешанные по стенам. Почему он так удивляется?

Мама улыбается чему-то, а мне хочется читать дальше, и я читаю. Слова мне понятны и непонятны одновременно, а некоторые и вовсе, по-моему, неправильно звучат, но я просто не могу оторваться от книги, она будто захватывает меня в плен, заставляя читать до конца главы. Совершенно не имея сил сопротивляться этому, я читаю. Мне кажется, я вижу какие-то сияющие ворота, а за ними — странных ангелов, изготовившихся к бою, а ещё — толпы чёрных демонов, зачем-то стремящихся к этим воротам... Но я не обращаю внимания на эти видения — я читаю.

И лишь закончив, оглядываюсь по сторонам, заново привыкая к реальности вокруг меня. Улыбается мне «батюшка», улыбается и мама, непонятно, кстати, почему. С большим сожалением отложив книгу, я немного жалобно смотрю в глаза отцу Григорию, а он молча вкладывает мне в руки то, что я читала. «Евангелие» написано на книге, но я отвлекаюсь от неё, стремясь поблагодарить доброго человека за такой подарок, от которого мне становится легче на душе.

— Получается, я не чёртик? — интересуюсь я у «батюшки».

— Нет, ты не чёртик и не бес, — улыбается он мне. — Ты хорошая девочка, у тебя всё будет хорошо.

— Спасибо, — благодарю я, переглядываясь с мамой.

Отчего-то мне кажется, что всё, сделанное мной в этом доме — ну там, где «батюшка», сделано правильно. И ещё — нужно будет обязательно повторить, потому что внутренне я чувствую это правильным. Но сейчас мама вывозит меня из того самого дома, позволяя немного побыть на воздухе, подставляя лицо лучам осеннего солнышка. Отчего же я чувствую себя такой счастливой?

Мои мысли возвращаются к тому, о чём я говорила с этим явно хорошим человеком. Ангелы... Те ангелы, которых он описывал, кажутся мне какими-то знакомыми, но вот черти и бесы всякие очень походят на... моё детство. Тогда, может, мне не привиделись чёрные крылья Моники? Может быть, всё намного проще?

Сатана со своим войском обманом захватил часть рая, но ангелом стать обратно не смог, потому что он же Падший, и взамен просто замаскировал чертей.

Так... они рождаются в уверенности, что они ангелы и поэтому белые, а те, кто чёрные, тех, возможно, просто берут в демоны, и всё, то есть они принимают свой натуральный вид. Может ли такое быть? Очень даже может, но тут возникает другой вопрос — что делать мне? Получается, что вся недоступность людей для них — это неправда, ведь «батюшка» не стал бы обманывать. Значит, с ними надо как-то бороться, а как?

Надо будет ещё сюда прийти, потому что нужно же защитить папочку и мамочку от демонов, называющих себя ангелами. Теперь-то я совершенно уверена в своей правоте, ведь другого объяснения произошедшего просто нет. Вот вопрос ещё — почему я? Потому что я — не бес, и Сатана — или кто там ещё — на меня рассердился? Но почему тогда просто не убил? Он же мог! Я точно знаю, что мог, но почему тогда?

# ГЛАВА ОДИННАДЦАТАЯ

Несмотря на то, что сказал «батюшка», я всё равно раздумываю о том, что раз «там» у нас черти, притворяющиеся ангелами, то и я, получается, тоже. Но отец Григорий сказал же, что нет, поэтому я читаю книгу, которую он мне дал, пытаясь найти ответ. Ответ не находится, зато душа Лены начинает развиваться быстрее, как будто тот факт, что я читаю эту волшебную книгу, помогает ей. Никогда о таком не слышала — правда, может быть, поэтому и не слышала.

Тем временем со мной всё становится более-менее понятно, так мама говорит. Я не могу самостоятельно дышать — мне для этого нужен кислород, не работают ноги — я их не чувствую, и рукам больно даже в ортезах, когда я пытаюсь что-то делать. Папа такой болезни не знает, но мама много читает, поэтому есть шанс, что родители найдут причину, а пока я стараюсь не мешать и не плакать, когда больно.

Вот что странно: когда я была «ангелом», мне делали намного, намного больнее, но я почти не плакала, а теперь плачу от этой боли. Почему так, я не понимаю, но стараюсь не задумываться, потому что и так забот хватает. Папу пригласили работать в больницу, потому что он посылал свои документы. Папа сказал, что так быстрее, чем официальным путём, поэтому мы скоро уезжаем насовсем, наверное.

Прошу маму погулять не только в парке, но и по улице, потому что хочу посмотреть на людей. Она почему-то вздыхает, но соглашается. А я просто хочу увидеть — все люди такие, как мамочка и папочка, или мне просто повезло. И ещё — просто устала быть постоянно в больнице. А отчего мама вздыхает, я пока не знаю, понимая, впрочем, что люди разные.

Мне нужно понять, почему папа говорит, что в Германии к особенным детям относятся лучше, чем «у нас», хотя, где это «у нас», я не знаю. У людей есть разные страны, там живут разные люди, но вот почему «у нас» мне будет плохо, я пока ещё не понимаю. Может быть, во время прогулки пойму? Ещё мне надо подумать...

Я очень много размышляю, читаю и думаю о своей «той» жизни. Она мне кажется сейчас какой-то нереальной, потому что я была единственной, похоже, с кем так обходились. Именно поэтому нужно объяснение, потому что просто так, ради того, чтобы сломать одного ребёнка, вряд ли бы расходовались такие силы. Кроме того, им нужно было меня именно подавить, сделать покорной... Но зачем?! Что со мной собирались сделать? И почему именно я. Кроме того, Творец наказывает далеко не всех... Объяснение этому есть, но тем не менее.

Ещё я разговариваю с «батюшкой», много и часто, он сам приходит ко мне в палату, поэтому у нас достаточно времени. У людей написано о падшем ангеле — это такой ангел, который предал своего создателя. Вот только именно о Творце нигде не написано, потому что, насколько я поняла, он не только натворил, но ещё и присматривает.

И вот в этих размышлениях я не замечаю, как мы с мамой оказываемся на улице. Мимо нас проезжают машины, я знаю, как они называются в общем, но не каждая в отдельности. Ходят люди... Вот тут я понимаю, что мне хотела сказать мама своим вздохом. На улице люди ведут себя совсем не так, как те, которые в больнице. Некоторые смотрят на меня с брезгливостью, как Александрия перед экскурсией, некоторые — с жадным любопытством, от которого хочется спрятаться, а некоторые старательно отводят глаза, как будто я — что-то гадкое.

Я понимаю: будь на моём месте Леночка, ей было бы плохо. Тут и мне не очень хорошо на душе, но я держусь. После того, что со мной было, я просто смотрю на них всех, с интересом разглядывая тех, кто должен сильно отличаться от «ангелов». Вот только большинство не отличается... А нет, вон какая-то бабушка мне очень ласково улыбается, и я сразу же улыбаюсь ей в ответ. Люди разные, но папа что-то такое знает о «Германии», считая, что там мне будет лучше. Если он так считает, значит, так правильно.

— Поехали обратно, мамочка, — насмотревшись, прошу я маму, после чего коляска сразу же разворачивается. — А в Германии будет иначе? — интересуюсь я.

— В Германии, папа говорит, людей воспитывают иначе, — отвечает мне мама. — Поэтому они не будут к тебе так относиться, как...

Она не договаривает, но я понимаю. Что же, раз так, то это даже к лучшему, потому что Леночке так лучше будет. Она скоро начнёт основное развитие — будет мир познавать, а я наслаждаюсь каждым днём с мамой и папой. Пусть не навсегда, пусть совсем ненадолго, но они будут в моей жизни. Мне будет что вспомнить в те мгновения, когда моё существование завершится.

В больнице нас уже ждёт радостный папа — оказывается, что уже всё-всё готово и совсем скоро... Интересно, какой будет дорога, ведь я быстро устаю? Но, думаю, родители обо всём подумали и без меня, поэтому всё будет хорошо. Моё дело — сидеть тихо, это не «ангельский» мир, тут бунтовать не от чего, меня и так любят... Я понимаю, почему я шла наперекор в том мире, мне просто внимания не хватало, но сейчас-то уже хватает...

— Алёнушка, ты можешь взять с собой совсем немного игрушек, — говорит мне папа. — Сейчас мы поедем домой, и ты будешь выбирать, хорошо?

— А остальные? — удивляется почему-то мама, хотя должна бы я, но я слишком ошарашена.

— Контейнером придут, — непонятно объясняет папа.

Он начинает о чём-то говорить с мамой, я не вслушиваюсь, потому что... Игрушки? У меня?! Я, конечно же, знаю, что это такое, но у меня никогда никаких игрушек не было, а папа говорит так, как будто их у меня горы. Но зачем нужно много игрушек? Конечно, хочется, даже до сих пор хочется, чтобы много-много игрушек и тепло в доме, но вот мне сейчас тепло и хорошо...

Оставляю этот вопрос до дома, думая о том, что мне всё расскажут. У меня сейчас есть всё, чего мне может хотеться — мама и папа, которые любят меня, не наказывают и охотно отвечают на любые, даже самые глупые вопросы. Поэтому я сейчас должна быть послушной и не мешать им заниматься своими делами, а то вдруг я им надоем? Очень не хочу надоесть мамочке и папочке, просто очень!

Меня вывозят из больницы, где у входа нас ждёт большая белая машина с красной полосой. Папа говорит, что эта машина нужна для того, чтобы доехать до дома и обратно. Так я понимаю, что спать всё равно буду в больнице, правда, почему так — я не знаю. Однако мама, увидев моё недоумение, сразу же всё объясняет.

— У тебя кислород, доченька, — произносит, улыбаясь, самая лучшая женщина на свете. — А дома его нет, поэтому тебе лучше спать там, где всё для тебя есть.

— Спасибо, мамочка, — отвечаю я, подумав.

Это действительно правильно, потому что я могу опять попытаться умереть, по мнению мамочки и папочки, ну а то, что нет, это же просто детали, поэтому я больше ничего не говорю. Тем временем мою коляску вкатывают в просторное нутро «автомобиля», где меня можно удобно расположить и поехать.

Творец! Я и не представляла себе, что игрушек может быть столько! Мы с мамой уже второй час перебираем их, а я с трудом удерживаюсь от слёз. Я уже большая девочка, почему же мне хочется прижать каждую к груди и не отпускать? Логика не работает, заставить себя не могу, просто не могу оторваться от них, при этом мама меня... понимает?

— Я не могу выбрать, — признаюсь я маме. — Можно ты за меня выберешь?

— Давай подумаем, Алёнушка, — ласково предлагает мамочка, присаживаясь рядом. — Контейнер придёт через две недели. Тебе нужны игрушки в пути и на первое время там. Чего тебе больше хочется? Разыгрывать сценки, заботиться о кукле? Или играть с пушистиком?

Я задумываюсь... Действительно, куклы, платья, наряды — это здорово, у меня такого никогда не было, но мы будем в пути, значит, надо будет очень внимательно за всем следить, а мне больно руками что-то делать. А вот обнять... Я беру с полки пушистую собаку белого цвета с чёрными ушами, обнимаю её и понимаю, что возьму только её. Почему-то мне кажется, что собака — мальчик, так хочется её называть.

— Я его возьму, — говорю я улыбнувшейся маме. — И ещё кого-нибудь мягкого...

— Вот и умница, — отвечает мне эта волшебная женщина. — Тогда поехали обратно.

Обратно нас везёт та же машина, в которой внутри просторно, а я обнимаю собаку, понимая, что сделала правильный выбор — мне очень нужно кого-то обнимать, как мама обнимает меня, ни на минуту не оставляя без своего внимания. Так же я и засыпаю в палате — с собакой. Теперь я вообще не расстаюсь со своим пусть игрушечным, но другом. Другом, который не предаст.

Последующие дни пролетают как-то очень быстро. Папа занят какими-то «документами», мама тоже, но одну меня всё равно не оставляют, находя время для того, чтобы и погладить, и обнять. Это создаёт просто необыкновенное ощущение, от которого я буквально растекаюсь. Но кроме тепла меня пьянит ещё одно чувство — ощущение безопасности. Как мне этого, оказывается, не хватало!

Однажды утром я просыпаюсь ещё до завтрака оттого, что меня аккуратно перекладывают на каталку, явно стараясь не разбудить, но я всё равно просыпаюсь. Мама видит это и улыбается мне, отчего я, уже почти испугавшись, успокаиваюсь. Мамочка рядом, значит, ничего плохого произойти не может, я в этом абсолютно уверена.

— Спи, малышка, — гладит она меня по голове, но мне очень интересно, поэтому я не засыпаю.

Каталка выезжает на улицу, где стоит совсем другой автомобиль — с синими символами, надписи на нём на разных языках гласят, что это машина для перевозки больных. Я насчитываю четыре разных языка. Внутри всё выглядит почти так же, как и моя палата, только поменьше. Каталка становится моей кроватью, на которой меня устраивают поудобнее, затем мама задирает мне рубашку — на мне больше ничего нет, потому что на улице тепло вроде бы.

— А что ты делаешь? — интересуюсь я, определив, где мама копошится, но ничего не чувствуя.

— У нас долгая дорога, — объясняет она мне. — Вынимать, возить тебя в туалет — это плохая мысль, кислород для тебя генерирует машина, а в подгузниках преет кожа, что для неё плохо, понимаешь?

— Понимаю, — киваю я, недоумевая.

— Поэтому у тебя есть катетер, — говорит мама. — Если почувствуешь, что хочется в туалет, просто расслабишься, и всё. Договорились?

— Спасибо, — улыбаюсь я, явно удивив её.

Для меня ведь всё прозвучало намного проще — мама сделала какое-то волшебство, от которого я могу не думать о туалете. Это же прекрасно? Вот и я так думаю. А за волшебство надо благодарить, я это твёрдо знаю. Ну вот, меня устраивают, теперь, наверное, можно спать, потому что на улице всё равно темно ещё, и делать совершенно мне нечего.

Мне совсем ничего не снится, как будто просто выключают свет, а потом включают — и за окном уже светло, а моя кровать мягко покачивается. Я понимаю, что мы едем, поэтому поворачиваю голову, принимаясь смотреть в окно, за которым пролетают деревья. Вскоре от однообразной картины мне становится скучно, да и кушать хочется.

— Проснулась? — слышу я ласковый голос мамы. — Сейчас мы Аленушку умоем...

Умывает она меня мягкой губкой, потом переводит в сидячее положение, чтобы помочь почистить зубы, сама-то я не могу даже этого. Ну а потом кормит несолёным овощным пюре с ложечки. Почему так, я понимаю — делать больно мне никто не хочет, машину покачивает, поэтому проще покормить именно так. Почувствовав сытость, я улыбаюсь.

Как же быстро я привыкаю к теплу и ласке, не думая о том, что однажды всё закончится... К кормлению с ложечки я тоже привыкаю, как и к тому, что хвалят. Творец! Меня хвалят за каждую съеденную ложку! Могла ли я такое себе представить совсем недавно?

А потом мама что-то делает, и с потолка опускается экран, на котором сразу же начинают бегать смешные человечки, полностью захватывая моё внимание. Родители подумали даже о том, чтобы мне не было скучно! Они волшебные, самые настоящие святые, как в книге! Может быть, я так думаю из-за того, что не знала раньше родительской любви, но сейчас, несмотря на всё происходящее со мной, это настоящее чудо, за которое я буду благодарить Бога. Человеческого Бога, а не «ангельского» Творца, который ещё неизвестно, что за творец.

Я смотрю мультфильмы, что мне совершенно не мешает думать, потому что мы едем, почти не останавливаясь. А вот размышления... Я сравниваю прочитанное в книгах, данных мне «батюшкой», с тем, что видела в прошлой жизни, понимая, что место, где я жила, назвать раем очень сложно. А ведь «ангелы» чувствовали себя в нём вполне комфортно, это же что-то значит? Должно что-то значить, но мне кажется, я просто боюсь сделать вывод.

А ещё Моника... Она пыталась мне сказать о том, что

шпионит. Теперь я понимаю это, но она шпионила, и у неё чернели крылья. А вдруг это не из-за того, что она готовилась стать демоном? Вдруг она испытывала сострадание ко мне? Не знаю...

Я много сплю в дороге, поэтому пропускаю момент, когда начинается другая страна. Мне страна неважна, потому что у меня есть собака, мамочка рядышком и папочка где-то впереди. У меня есть семья и нет никакого желания думать о разных странах, ведь я о них ничего не знаю. У меня есть самое главное в этой жизни — семья, главнее, по-моему, нет ничего. А машина всё едет и едет...

## ГЛАВА ДВЕНАДЦАТАЯ

Дорога пролетает почти совсем незаметно для меня, хотя я понимаю, что это заслуга родителей. И вот, наконец, мы въезжаем в аккуратный небольшой городок, уставленный разнотипными, но невысокими домами. И ещё — много деревьев, что сразу бросается в глаза. Скорость автомобиля падает, медленно он катится к одному из этих домов.

— Вот тут мы будем жить, — отвечает на мой вопросительный взгляд мама. — Сейчас выгрузим Алёнушку...

— А как же... — осторожно произношу я, привыкнув уже к тому, что лежу... ну, как есть.

— Здесь у тебя будет кислород и дома, — отвечает она, думая, что я беспокоюсь о больнице. — Мы немного поживем дома, а в больницу попозже поедем, хорошо?

— Хорошо, — киваю я, зная, что плохого мне не сделают.

Я им полностью доверяю, поэтому не беспокоюсь ни о чём. Стоит машине остановиться, и мама что-то опять делает внизу, а потом натягивает на меня подгузник, отчего я понимаю, что она вынула «катетер». Значит, сейчас я поеду смотреть, где мы теперь будем жить. Выбора у меня нет, но он мне и не нужен.

Заглянув в душу, я вижу, что Ленка, ну, малышка, уже хорошо восстановилась, но душа её развивается, поэтому сначала будут вопросы, а потом... Потом узнаем. Как это происходит на самом деле, а не в книге, я не знаю. Возможность узнать у меня будет, поэтому нечего думать. Ленка узнает всё то, что знаю я, как бы мне ни хотелось уберечь её от моей памяти.

Мама одевает меня, чтобы усадить на каталке, под которой есть баллон с кислородом, я знаю это. Но вот момента переключения просто не замечаю, так быстро это происходит. Я немного волнуюсь перед тем, как оказаться на улице, неизвестно же, как люди на меня отреагируют, а мама с папой осторожно вынимают меня из машины.

И первой, кого я вижу, оказывается улыбчивая женщина, очень по-доброму глядящая на меня. Я огляды-ваюсь и вижу ещё людей, стоящих в отдалении. Они не подходят, но, перехватив мой взгляд, начинают улыбаться, отчего мне почему-то хочется плакать. Это так непохоже на то, что я видела в прошлом на улице, что удивляет очень сильно.

— Вам помочь? — интересуется женщина, и я вижу — мама её не понимает.

— Не надо, наверное, — отвечаю я незнакомке. — Мамочка и папочка знают, как правильно.

— О, у вас отличный швабский акцент, — поражается она, заулыбавшись ещё ярче. — Переведите вашей маме, меня зовут фрау Марта, я ваша соседка.

— Мама! — зову я свою самую волшебную женщину. — Тётя говорит, что она — фрау Марта и наша соседка, а ещё помочь предлагает.

Мама, конечно, удивляется тому, что я говорю на местном языке, но я же ангел, хоть и бывший, значит, знаю все языки. Впрочем, этого говорить я не решаюсь, просто переводя маме то, что говорит фрау Марта, и наоборот. Так мы знакомимся, поднимаясь на второй этаж.

Новая квартира просторная. Мама говорит, что это оттого, что дом новый, поэтому все комнаты очень просторные и с большими окнами. Особенно мне нравится моя комната, в ней — специальная кровать для меня, мама сразу показывает мне, как на ней можно садиться и ложиться. А ещё есть тумбочки всякие для игрушек и даже коляска с электричеством! Это значит, что я смогу сама! Я сама смогу ездить! Увидев это, я долго благодарю маму, решив чуть попозже поблагодарить Бога. Потому что от нашего Творца такого я точно вряд ли дождалась бы...

— Нравится? — интересуется мама, которую я просто обнимаю.

— Очень! — отвечаю шёпотом, потому что из моих глаз текут слёзы.

Это просто невозможно описать — такая забота родителей, такое внимание, такая ласка. Особенно для меня, помнящей, как бывает иначе, насколько страшно, когда иначе. Но такого больше не будет, потому что даже когда я уйду, в моём сердце будут жить воспоминания и человеческий Бог. Подумав так, я открываю заветную книгу, дающую мне внутренний свет.

Мама приносит мне ещё одну книгу, она называет написанное там «молитвами», но я просто вижу правильное обращение к человеческому Богу и стараюсь заучить и их. Почему-то мне кажется, что эти «молитвы» мне точно пригодятся. Не знаю, откуда появляется это ощущение.

Мама сидит со мной, помогая мне разобраться в книгах и объясняя, если я чего-то не понимаю, а затем она приносит ещё книги. Это «учебники», по ним учат детей. Мама, конечно, запомнила, что я говорю по-немецки — ну, на языке этой страны, поэтому она их и приносит. Странно, но эта совершенно волшебная женщина ни о чём меня не расспрашивает, а только показывает и помогает. Кажется, она уже совсем ничему не удивляется, что меня радует, потому что объяснить, что «ангелы» знают все языки людей, трудно. Я бы, наверное, не поверила.

Так проходит первый день, причём неожиданно без боли, а затем, во сне, просыпается Ленка. Я смотрю в глаза этой девочки, уже увидевшей всю мою жизнь, и чувствую её очень близкой, а она... Во сне Ленка бросается ко мне, крепко-крепко обнимая, затем мы просто плачем вместе. Странно, ничего друг другу не сказали, а уже плачем.

Во сне мы ходим — и она, и я, хотя, кажется, я уже и забыла, как правильно ходить, но мы ходим по каким-то непонятным местам. Я таких не видела, а Ленка, кажется, и не задумывается.

— Ты будешь со мной всегда? — вдруг спрашивает она меня.

— Не всегда, — качаю я головой. — Однажды мне придётся уйти, но я всегда буду помнить о тебе.

— И я буду, — кивает она в ответ. — Ведь ты мне жизнь спасла, а значит, и папе...

Она понимает, о чём говорит, ведь её папа уже был готов отправиться вслед за ней. Наш папа... Наш папа совершенно волшебный, необыкновенный, и поэтому получается, что да. Но мы с Ленкой много разговариваем — всю ночь, пока не настаёт пора просыпаться. Всё вокруг начинает бледнеть, это значит, что скоро сон исчезнет, я проснусь, и надо будет снова умываться, чистить зубы, кушать...

Скоро меня увезут в местную больницу, чтобы обследовать, поэтому, едва проснувшись, я осматриваю комнату. Мне отчего-то кажется, что вернусь я сюда очень нескоро, поэтому я стараюсь запомнить как можно больше, ведь я доверяю своим предчувствиям.

Возможно, меня попытаются выдернуть из тела, раз Ленкина душа восстановилась, возможно, случится что-то другое, но я изо всех сил хочу запомнить свою комнату... В этот момент входит мама, сразу же мне солнечно улыбнувшись.

— Проснулась уже? — интересуется она. — Вот умница!

Оказывается, ночью я была подключена к монитору, ну, это привычно уже, даже и не подумала об этом. Но вот монитор записал, что мне было нехорошо, несмотря на то что я ничего не почувствовала, ну, кроме слёз с Алёнкой. Вот поэтому папа сказал, что мы сразу отправляемся в больницу, даже ещё до завтрака, потому что анализы. Как анализы связаны с завтраком, я не понимаю, но спорить не решаюсь, хотя кушать хочется.

Внезапно оказывается, что папа правильно решил, потому что мне становится холодно и как-то очень сильно не по себе, отчего я, кажется, засыпаю. По крайней мере, перед глазами становится темно, и я уже ничего не соображаю. Кажется, я напугала мамочку. Но я не должна умереть же, по крайней мере, так написано в книге.

Замечаю, что начала принимать мамочку и папочку как само собой разумеющееся. Хотя их любовь такая сильная, что, кажется, согревает меня, даже когда очень-очень холодно. Вот, как сейчас, например. Не понимаю, что происходит, я силюсь открыть глаза, а они всё не открываются. Уже и я начинаю паниковать, но всё равно стараюсь открыть глаза, чтобы темнота исчезла. Мне даже кажется, будто что-то хочет меня выдернуть из тела, но я борюсь с этим «что-то», сопротивляясь изо всех сил.

Внезапно становится легче дышать, и глаза наконец распахиваются. Я вижу очень серьёзного папу, который что-то делает, отчего мне становится легче дышать. От этого очень хочется заплакать, но тут я понимаю, что куда-то еду, кажется, на каталке или даже в кровати. Очень быстро еду, отчего пока передумываю плакать. А ещё я за маму беспокоюсь...

— Не умирать тут мне! — строго прикрикивает на меня папа, на что я пытаюсь кивнуть, но почему-то не могу. Слабость буквально размазывает меня по подушке.

— И не пугаться! — добавляет он.

Кровать заезжает в какое-то зелёное помещение, похожее на школьный медпункт, но это не он, потому что нет целителей, а только врачи в светло-голубых костюмах. Они обступают кровать и что-то делают со мной, я не очень даже понимаю, что именно, потому что сосредоточена на себе — надо подавить страх, а то плохо будет, потому что в глазах папы — такой страх за меня, что мне опять хочется плакать.

— Напугала ты нас, — вздыхает он, переглянувшись с другими врачами, уже отошедшими от кровати.

— Где... я... мама... — слова выходят маленькими кусочками, я едва выдавливаю их из себя.

— Ты в больнице, — объясняет папа, поглаживая меня по волосам. — Мама тоже напугалась, поэтому сейчас чуть успокоится и придёт. Потерпишь?

— Мамочка... Папочка... — я хочу выразить всё, что у меня в душе, но у меня не очень хорошо получается.

— Всё будет хорошо, малышка, — уверенно говорит он, и я верю ему. Это же папа, как ему можно не верить?

Тут приходит мама. Она обнимает меня, гладит и, кажется, сейчас плакать будет, но как-то держится. Потом мама и папа обнимают меня вдвоём, а я их — не могу, потому что слабость. Но мне так тепло в их объятиях, просто не сказать как. Так хорошо и спокойно, что я начинаю улыбаться.

— Сейчас мама тебя покормит, — говорит мне папа. — А потом будем обследовать котёнка, хорошо?

— Хорошо, — киваю я, потому что получается. — А потом что будет?

— А потом — посмотрим, — вздыхает папа и куда-то уходит, напоследок ещё раз меня погладив.

Мама кормит меня очень ласково, как и всегда. Но привыкнуть к этому просто невозможно. Я и не хочу привыкать, пусть это чудо остаётся чудом. Ложечка за ложечкой, она хвалит меня, а я улыбаюсь, потому что как же иначе? И вот, наконец, меня докормили, теперь мама губкой стирает остатки еды. Интересно, какие это будут обследования?

Ответ на этот вопрос я получаю моментально — кровать сдвигается с места, и папа с ещё одним дядей везут меня на кардиограмму, ультразвуковое исследование, а потом приходит черёд труб. Сначала одна труба, в которую медленно въезжает каталка, а потом другая. Вот вторая — страшная, в ней очень громко что-то гудит, стучит, гремит, как демон в аду. Поэтому я вцепляюсь в маму, которая, конечно же, везде со мной, потому что иначе я боюсь.

Исследования долгие и очень утомительные, но наконец они заканчиваются, и я оказываюсь снова в палате. Очень устав, я засыпаю, чтобы во сне оказаться снова с Леной. Сейчас она выглядит совсем маленькой девочкой, поэтому я знаю, чего ожидать. И действительно, начинаются вопросы — о маме с папой, об окружающем мире, о том, что делают с телом...

Я знала, что так будет, поэтому не удивляюсь, а отвечаю на вопросы. Но вот потом Ленка спрашивает меня об ангелах и Боге. Зная, что она может легко заглянуть в мою душу, я стараюсь тем не менее объяснить помягче, но девочка и сама всё отлично понимает, как оказывается чуть погодя.

— Значит, те ангелы были ненастоящими, — делает вывод Ленка. — А настоящие где-то спрятаны. Или их просто заперли... Или они потерялись... Зна-а-ачит, надо их найти!

Несмотря на всю детскость, её предположение имеет смысл. По крайней мере, мне так кажется, потому что других объяснений нет.

— А как ты думаешь, как их искать? — интересуюсь я у неё, на что Ленка сначала задумывается. Она очень умильно морщит лобик, что-то прикидывая.

— А посмотри в своей книжке, — предлагает она. — Вдруг там что-то об ангелах написано?

— Проснусь — посмотрю, — обещаю я ей, после чего ворох вопросов обрушивается на меня с новой силой.

Эти вопросы — это взросление души, сейчас выглядящей очень маленькой, на человеческих лет пять. Она так познаёт всё вокруг, особенно тепло родителей, в котором мы с ней буквально купаемся. Это нормально и хорошо, хоть и приближает тот миг, когда мне придётся уйти. Уходить не хочется, вот совсем, как и Ленке не хочется, чтобы я уходила, но законы Творца неумолимы.

— Надо найти такое решение, чтобы тебе не уходить, — задумчиво произносит маленькая девочка, внимательно глядя на меня. — Всю жизнь о такой сестрёнке мечтала!

— Будет у тебя и сестрёнка, — я почему-то знаю, что так и будет, поэтому, получается, я её и не обманываю. Не люблю обманывать, хотя иногда и приходилось.

— Тогда хорошо, — улыбается мне Ленка.

Открыв глаза, я долго гляжу в потолок, думая о несправедливости жизни. Ведь я могла родиться среди людей, и тогда бы не было всего того, что со мной случилось. Но вот умела бы я тогда ценить родителей и понимать, насколько бесценен каждый миг, проведённый с ними? Ведь понимать, что имеешь, и радоваться этому начинаешь только тогда, когда что-то теряешь... А мне так безумно не хочется терять то, что я имею сейчас. Просто до слёз не хочется...

## ГЛАВА ТРИНАДЦАТАЯ

**З**начит, другого выхода нет, — слышу я папин голос.

Он говорит не по-русски, но я же понимаю, поэтому и подслушиваю, хоть и ненамеренно. Папин голос не очень весел, это означает, что не всё так хорошо, как он пытался мне сказать. Впрочем, это было понятно и так, ведь я уплываю во тьму в среднем два раза в день, чем, наверное, совсем измучила и мамочку, и папочку. Но они меня не бросят, я это точно знаю. Значит, папа сейчас меня будет осторожно к чему-то готовить, к чему-то очень серьёзному, раз он такой невесёлый.

Вот мама, быстро вытирая глаза, входит в палату ко мне и сразу же обнимает. Им тяжелее, чем мне, ведь я знаю, что наверняка не умру, а они-то — нет. А то, как выглядит всё со мной происходящее, я уже поняла, потому что врачи не скрываются и называют вещи своими именами. Ну и мои родители меня никогда не обманывают.

Входит папа. Он задумчив, а в глазах у него — тоска и затаённый страх. Это он за меня боится, потому что не знает, как я отреагирую. Даже немного страшно становится, но я привычно давлю страх, потому что нельзя же. Сейчас папочка скажет, что мы будем со мной делать, а я со всем соглашусь. Раз папа говорит, что другого выхода нет, значит, его нет, и незачем так нервничать. Я, например, не нервничаю, потому что полностью доверяю.

— Котёнок, — папа начинает говорить ещё до того, как присаживается на стул рядом с кроватью. — У тебя в сердце есть дырочки...

Он говорит то, что я и так уже знаю, ведь это уже находили. Значит, эти дырочки не просто так, а их нужно закрыть, но я помню, папа говорил, что это очень опасно. Вот, значит, почему нет другого выхода... Интересно, папа объяснит или мне самой догадаться нужно? Немного страшно, конечно, даже несмотря на то, что вроде бы умереть я не могу. Но если «ангелы» неправильные, то и книги у них могут быть неправильными...

— Твоё сердечко надо оперировать, — переходит папа к делу. — Иначе ты просто не выживешь.

Люблю папочку и мамочку, особенно за то, что они честно говорят всё, не стараются обмануть. Взрослые, даже люди, как я уже знаю, стараются обмануть, чтобы не напугать ребёнка, а потом, когда правда открывается, удивляются, почему им не верят. Мои взрослые не такие, они честно рассказывают. Поэтому я реагирую, как считаю правильным — потянувшись, обнимаю папу, ведь ему очень тяжело, и боится он за меня, я же вижу.

— Не бойся, папа, всё будет хорошо, — произношу я его же слова, а потом мы обнимаемся. Мы обнимаемся, чтобы успокоить моих взрослых, потому что если другого выхода нет, то чего ради нервничать?

— Ты у нас большая умница, — улыбается сквозь слёзы мама. Ей тоже страшно, конечно, операция-то всё равно очень опасная, но без неё я и недели не проживу...

Затем начинается обычный день — почистить зубки, поесть и лежать. Только я читаю «Евангелие», отчего мне на душе спокойнее становится. Я читаю и думаю о том, что таких родителей, как мои, нужно самих ангелами называть, потому что они — настоящие ангелы, а не то, что там у нас было... Хорошо, что меня «там» больше нет, теперь я тут... Ой! Надо же Ленку успокоить, ну и поговорить с ней ещё на всякий случай.

Могут ли меня попытаться выдернуть из тела? С одной стороны, да, но для этого должны быть специальные условия, но вот если вдруг тело попробует опять умереть, тогда... А что тогда? Надо подумать... Если тело попробует умереть, то в нём же две души. Тогда заявится ангел, а ещё что? Надо расспросить папочку об операции, может ли случиться неприятность какая-нибудь и какая именно. Леночка должна жить, а я, например, могу отвлечь ангела собой... Для меня это будет последней гастролью, но главное, чтобы Ленка жила.

Я открываю книгу, вчитываясь в строки, и опять у меня возникает ощущение внутреннего света, какой-то поддержки, как будто меня слышат... Такое чувство внутреннего покоя и уверенности. Даже если я... Я буду драться, во-первых, а во-вторых, мне себя не жалко, только бы мамочка не плакала. Всё будет хорошо, я знаю это, я верю в это, я... плачу.

— Ты думаешь, что может что-то случиться? — Ленка сегодня необычайно серьёзна.

— Папа же говорил, что операция опасная, — объясняю я. — А если...

— Не надо об этом думать, — просит она меня. — Пусть всё будет хорошо, ладно?

— Нет, сестрёнка, — не знаю, как это слово вырывается, но звучит оно так естественно, что я и не замечаю его поначалу, только девочка замирает. — Нам нужно обговорить, что мы будем делать, если...

— Ты назвала меня сестрёнкой... — тихо произносит Ленка, а затем обнимает меня.

Я знаю, что это значит — только что она показала родство душ, поэтому, что бы со мной ни случилось потом, мы останемся сёстрами и, кажется, навсегда. Я обнимаю её в ответ, закрепляя договор душ. Некоторое время мы просто сидим молча, а затем я начинаю рассказывать разные варианты грядущих событий. Идеально было бы, чтобы вообще ничего не случилось, но у меня есть предчувствие, очень странное предчувствие, которого я не понимаю, но именно поэтому рассказываю.

— И ни в коем случае не лети за мной! — заканчиваю я свою речь. — Уцепись за тело изо всей силы, хорошо?

— Хорошо, — всхлипывает Ленка. Она тоже что-то чувствует, что-то, чему нет объяснения.

— Ты будешь жить и радовать мамочку и папочку, — строго говорю я, отчего малышка начинает плакать.

Я успокаиваю её, размышляя о своём предчувствии. Мне кажется, будто надвигается какая-то чёрная туча, неся с собой что-то нехорошее, злое, поэтому вспоминаю молитвы, прося неведомого ещё человеческого Бога спасти и сохранить Ленку. Это ведь очень важно — чтобы она жила.

У нас впереди операция, избежать которой уже нельзя, потому что я могу умереть в любой момент. На операции тоже могу, но она даёт шанс жить, а без неё шансов не будет совсем. Даже если проживу дольше недели-двух, мамочка и папочка не смогут ни спать, ни есть, потому что будут бояться за меня. И я буду бояться... И волноваться, оттого что им плохо, а волноваться мне нельзя, поэтому без операции будет только хуже. Выхода нет...

Именно об этом и сказал папочка — выхода нет. Поэтому через несколько дней я усну, а мамочка будет плакать и надеяться на то, что потом её Алёнушка откроет свои глазки. Я тоже буду надеяться на то, что мне повезёт, хотя и чувствую... Наверное, это человеческий Бог в ответ на молитвы подсказывает мне, готовя к... к изменению в моей жизни. Возможно, моя задача именно противостоять «ангелам»? Или сделать что-то? Я не знаю, но вот предчувствие... От него хочется плакать...

— Боится Алёнка, — замечает мама, гладя меня. — Не надо бояться, маленькая...

Она говорит, успокаивает меня, а сама не верит в свои слова, потому что страшно всем — и мамочке, и папочке, и мне. Предчувствие становится просто нестерпимым, потому что операция сегодня. Сегодня мне... моему телу дадут шанс жить дальше, а что будет со мной, не так важно уже. Но страшно временами так, что я чуть ли не теряю сознание.

Последние перед операцией дни я лащусь к родителям, будто желая вобрать в себя их ласку, запомнить эту нежность, почувствовать их любовь. Мама почти не выпускает меня из рук, а папа каждую свободную минуту со мной. Он тоже боится, потому что, может быть, этот день — последний в моей жизни, и родители очень хорошо понимают это. Я могу умереть во время операции, потому что сердце останавливают, чтобы дырочки зашить. А вдруг оно потом не запустится, или что-то случится с большой машиной, которая во время операции будет моим сердцем?

Этих «а вдруг» — великое множество, хотя врачи, конечно, проверяют всё и не по одному разу, но страшно всё равно. Иногда просто жутко, невозможно просто выдержать, и плакать хочется без остановки. Но мама держит меня в руках, а ещё помогают книги. Те самые, подаренные мне «батюшкой», и те, что принесла мама.

Незадолго до операции в палату входит «батюшка». Не тот, который был в предыдущей больнице, совсем другой, но в то же время такой же. У него похожее выражение глаз, в них — понимание и желание поддержать. Его точно папа позвал, поэтому я и благодарна своему самому лучшему папочке на свете.

«Батюшка» заговаривает со мной тихим, спокойным голосом, от которого становится как-то спокойнее на душе. Я честно говорю ему, что у меня предчувствие, на что он вздыхает, начиная рассказывать притчу, а за ней — ещё одну. Тогда я рассказываю «батюшке», что могут прийти «ангелы», которые на самом деле не ангелы, а совсем даже демоны, кажется. Он внимательно выслушивает меня, переглядывается с мамой и вздыхает.

— Зло имеет много лиц, — произносит «батюшка». — Если тебе суждено сражаться против сил зла, я благословляю тебя на эту битву.

И вот тут, хотя я понимаю, что «батюшка» вряд ли

поверил мне, но благословляет он меня абсолютно серьёзно, и я почти вижу, как невидимые звёздочки впитываются в моё тело, даря мне успокоение. «Батюшка» прав — чему быть, того не миновать, поэтому я просто должна быть готовой. От этой мысли я неожиданно для себя успокаиваюсь. Что же, если так, я буду готовой!

В этот момент в палату входят ещё врачи, появляется специальная каталка, отчего на мгновение снова становится страшно, но мама обнимает меня, и страх вдруг уходит. Я смогу, я справлюсь! А мама меня осторожно раздевает, оставляя совсем голой, а потом, взяв на руки, сама осторожно перекладывает, сразу же укрывая простынкой. «Батюшка» на прощанье благословляет меня и крестит.

Каталка едет по коридору, а я вижу только мамино лицо и длинные лампы под потолком. Скоро, совсем скоро... Появляется и папа, оказывается, ему не разрешили присутствовать, отчего он грустит, но я глажу его руку, и папочка улыбается мне через силу, я же вижу. В этот момент каталка проезжает широкие двери и останавливается.

— Возвращайся, Алёнушка, мы ждём тебя, — говорит мне мамочка, ещё раз обняв.

— Возвращайся, доченька, — вторит ей папа напряжённым голосом.

— Я вернусь, — обещаю им.

Вот и всё, теперь родителям остаётся только ждать... А меня ввозят в большую комнату, опять перекладывают, меняют простынку на другую и начинают подключать разные провода и шланги. Надо мной стоит тётя, она — а-не-сте-зи-о-лог! Она сделает так, что я усну, а потом постараюсь проснуться, если у меня будет это «потом». Нельзя так думать, нельзя! Всё будет хорошо!

— Давай будем засыпать, — улыбается мне эта тётя, опуская сверху маску, в которой что-то шипит.

— Хорошо, — киваю я, уже зная, что наркоз вводят не так, но я и не почувствовала, когда его ввели.

Засыпанию я не сопротивляюсь, просто вдруг отключается свет, и я оказываюсь в объятиях Алёнки. Она вся дрожит, поэтому я начинаю гладить и уговаривать её. А потом мы вместе проговариваем молитву, очень сильно стараясь верить в то, что всё будет хорошо. Именно в этот момент Алёнка будто исчезает, а я вижу совсем незнакомое помещение.

Двое взрослых ангелов сидят напротив друг друга в задумчивости. Приглядевшись, я замечаю, что ангелы какие-то не такие. От них исходит свет, как будто внутри крыльев у них свечи, а ещё сами крылья такие... с металлическим отливом. Я таких ангелов прежде не видела.

— Ребёнка обрекли на жизнь среди этих... — произносит, наконец, тот, кто выглядит постарше. — Отец на такое никогда бы не пошёл. Почему тогда?

— Её родитель решил принести себя в жертву, Пётр,

— отвечает ему собеседник. — Если дитя попадёт к людям, то у нас появится шанс разбить пояс, которым демоны обнесли Рай.

— Отец мог бы легко сделать это сам, — ворчит названный Петром. — Но его пути неисповедимы.

— Его пути неисповедимы, — произносит более молодой ангел. — Может быть, дитя сумеет подобраться к властителю демонов и позвать нас....

Они начинают тихо спорить, а я совсем не понимаю, о чём они говорят, просто рассматриваю необычных ангелов. Я понимаю, что они не такие, как те, которых знала я, но вот в чём различие... Мне не хочется почему-то думать, что эти двое — ненастоящие. Наоборот, появляется желание прикоснуться к ним, может быть, даже погладить их крылья... Кто они?

Но в этот момент всё меняется. Я вижу всю большую комнату, в которую меня привезли. Противно верещит какой-то прибор, врачи напряжены, они говорят о том, что сердце не хочет запускаться, отчего мне снова становится страшно. И тут я вижу «ангела», что-то делающего с прибором, который должен был качать кровь.

Я вылетаю из тела, яростно нападая на этого «ангела», бью его куда попало, отчего он отшатывается, а потом пытается скрутить меня, но я нападаю на него снова и снова, отталкивая от каталки, врачей и Алёнки. Я понимаю, что это мой последний бой, но при этом не задумываюсь о происходящем. Мне! Надо! Защитить! Алёнку! И я нападаю, бью куда попало, хочу даже по-ведьмовски вцепиться в его глаза. «Ангел» пытается отбиться, но, по-видимому, просто не ожидает такого напора. А я просто обязана дать время врачам, дать время спасти...

— Есть пульс! Пошла, родимая! — слышу я голос врача, от неожиданности пропустив что-то тёмное, летящее ко мне.

В тот момент, когда мир гаснет вокруг, я знаю, я уверена — Ленка будет жить! Мамочка и папочка не будут плакать! А я...

# ГЛАВА ЧЕТЫРНАДЦАТАЯ

Я открываю глаза в темноте. Всё тело болит так, как будто по нему топтались, да ещё и одежды на мне никакой нет, что я определяю ощупав себя. Руки чувствуют влагу... Возможно, это кровь. Я лежу на твёрдом, холодном, кажется, каменном полу. Что со мной произошло, я не знаю, но более-менее представляю, что будет дальше. За сорванное дело мне сначала сделают больно, а потом будет адский огонь, после которого не будет уже ангела Катрин. Впереди у меня только боль и окончательная смерть...

Зато в моей жизни была Алёнка... Папочка и мамочка... За то, чтобы они жили и улыбались, можно и умереть. Это хорошая цена. Всхлипнув, я читаю шепотом молитву к человеческому Богу, отчего боль вдруг начинает отступать, а в полной темноте загорается блеклый огонёк. Странно как-то молитва действует, такого раньше я не видела.

Огонёк позволяет мне оглядеться. Я лежу в небольшой камере, кажется, полностью каменной, а влага на моих руках действительно оказывается кровью. Хорошо, что я была без сознания, но, скорей всего, они захотят ещё не раз меня избить. Или что-то ещё сделать... Ведь они только зовутся «ангелами», а на самом деле это демоны. Они все демоны, я же теперь знаю, какими должны быть ангелы.

Мои губы шевелятся, произнося слова молитвы, отчего мне кажется, что глубокие полосы на теле становятся меньше, будто исцеляясь. Я выдержу, выдержу всё, что мне уготовано, потому что это — цена за моё решение спасти Алёнку. А человеческий Бог поможет мне хотя бы вот такой поддержкой. Я знаю, что больше не одна, а бесы пусть бесятся...

Мою душу согревает память, а губы шепчут молитвы, отчего на душе становится легче. Но в тот миг, когда я почти успокаиваюсь, дверь резко раскрывается, а меня без предупреждения ослепляет сильная, просто жуткая боль. Такая, как будто я уже в адском пламени. Эта боль длится, кажется, бесконечно — часами, днями, годами. Я теряю счёт времени, хрипя сорванным горлом, а она всё не заканчивается. То усиливаясь, то ослабляясь, боль совершенно не даёт к ней привыкнуть... Кажется, сознание гаснет...

— Тварь бескрылая! Ты заплатишь! — этот незнакомый голос буквально обливает меня ненавистью.

В следующее мгновение я осознаю себя в движении. Меня тащат за волосы волоком по полу, а я не могу сопротивляться — тело меня не слушается. Где я? Что происходит? Эти вопросы возникают и гаснут в моей голове, потому что ответ на них один — меня будут убивать. Медленно и мучительно, как только и умеют демоны. Поэтому просто сосредотачиваюсь на молитве, от которой тело, кажется, даже чуть взлетает над полом.

Внезапно я понимаю, где нахожусь — это школа, та самая школа, чуть не сломавшая мня. Я нахожусь, можно так сказать, в коридоре, а волокут меня, судя по всему... к моей спальне? Что они задумали? Что со мной хотят сделать? Это совершенно непонятно. Голову посещает мысль, учитывая отсутствие одежды... Ну, понятно, какая мысль меня посещает. Если со мной сделают подобное, я... я не знаю, что будет. Не хочу даже думать о таком.

Тот, кто тащит меня, делает какое-то движение, от которого голова просто взрывается болью, и всё гаснет. В себя я прихожу в знакомой комнате. Это моя спальня, здесь всё так же, как было совсем недавно и бесконечно давно, только чемодана с моими вещами я не вижу. А! Я же разложила их по ящикам! Надо надеть на себя хоть что-нибудь, ужасно некомфортно быть голой, хоть и, кажется, избитой...

А чего я ожидала? Ведь их «ангел» вернулся с той

операции без души, кто знает, что ему за это будет, особенно, если они все демоны. Получается, я ему охоту сорвала...

Я подтягиваю конечности под себя, чтобы попытаться встать, что у меня сразу не получается. Боль настолько сильная, что я едва ли не теряю сознание от неё. Попробовав ещё раз, с трудом встаю на четвереньки. Оглядев пол, вижу то тут, то там капли крови. Если я оденусь, то ничего хорошего не будет, надо для начала попытаться смыть кровь.

Вставать очень тяжело, почти невозможно, но я доползаю до стенки, медленно поднимаюсь, опираясь на неё. Едва справляясь с дурнотой, двигаюсь к ванной, чтобы смыть кровь и хоть немного прийти в себя. В этот момент я благодарю Бога за то, что так быстро теряю сознание, но боль, конечно, пугает.

Если бы её можно было избежать... Но я точно знаю, что попытка избежать боли сделает только хуже, а терять перед смертью ещё и себя, унижаться, умолять я не буду. Значит, нужно помыться, чтобы принять смерть чистой, по-моему, было об этом что-то написано.

Я почти заползаю в душ, чтобы включить воду и опуститься на пол. Вода прохладная, она неожиданно быстро смывает с меня не только кровь и грязь, часть которых, кстати, просто растворяется в воздухе, но и эту страшную слабость. Вот как! Оказывается, я была покрыта иллюзиями, а избили меня не настолько страшно. К тому же, получается, ещё и яд? Или какое-то вещество, усиливающее мучения?

Мои губы шевелятся — я проговариваю уже привычные слова, чувствуя внутри себя огонёк поддержки. Такое чувство, что внутри кто-то просит держаться, обещая помощь. Ну, или я себя просто обманываю, хотя верить хочется. После душа я уже могу встать нормально, слабости нет, что и наводит на размышления. В основном — зачем это было сделано? Но ответа у меня пока нет.

Как-то слишком демонстративно, мне кажется, со мной обошлись, как будто хотели кому-то показать, а не меня наказать. Возможно, так оно и есть, поэтому не всё так плохо, как мне представилось изначально. Впрочем, сейчас надо позаботиться об одежде. Я подхожу к комоду, выдвигаю ящики, пытаясь найти хоть что-нибудь, но там пусто. Совсем пусто, как будто предполагается, что одежда мне больше не понадобится. От этой мысли становится холодно, но в следующий момент я обнаруживаю шерстяную зимнюю тунику. Судя по всему, это моя единственная одежда, и больше никакой не будет, даже белья.

Внезапно накатывает страх, но я уже привыкла бороться с ним, ведь для сердца Ленки страх очень опасен, поэтому я привычно давлю его. Ничего сделать я все равно не могу, а просто бояться — бессмысленно, только сердце испорчу. Интересно, можно ли испортить сердце «ангела»? Лучше не экспериментировать, но выбора у меня нет.

Одевшись, я присаживаюсь на кровать, почувствовав вдруг острую боль. Настолько сильную, как будто кровать усыпана битым стеклом. Очень больно, просто невозможно! От неожиданности я сползаю на пол, принявшись себя ощупывать понятно, где, но на прикосновение сильной боли нет, хотя должна бы быть, если сильно избили. Неужели на меня наложили какой-то заговор?

Больно... Больно... Больно... Спать могу только на животе и недолго, потому что боль усиливается от лежания. Что со мной сделали, что? Не понимаю, но чувствую, что схожу с ума от боли. Больнее даже, чем Ленке было, хотя тогда я думала, что больнее быть не может. Может, ещё как! Ещё очень хочется есть, но выйти из спальни я не могу. Дверь просто не открывается.

Хорошо, что с водой проблемы нет — можно и из душа попить. Я здесь второй день, но обо мне будто бы забыли, никто не приходит даже для того, чтобы избить. Но вода есть, молитвы я помню наизусть — и это помогает, это действительно помогает держаться. А ещё я помню, что рассказывал «батюшка» о посте, и считаю, что это просто такой пост, а потом покормят, ну, или отравят, наконец.

Когда я привыкаю к тому, что теперь живу здесь, дверь внезапно распахивается, и на пороге обнаруживается незнакомый мне «ангел» из здешних. Он смотрит на меня с брезгливостью, но удивляется моему видимому спокойствию. Наверное, по его мнению, я должна была бы валяться у него в ногах просто от страха, но... нет во мне страха. Только здесь я поняла, что означает «Бог в тебе», и теперь просто храню это ощущение, как и память о мамочке, папочке и Ленке. Я их больше никогда не увижу, но благодарна за то, что они были в моей жизни. За то, что я хоть недолго, но была их любимой доченькой.

— Бескрылая тварь, — обращается ко мне этот «ангел», думая, наверное, испугать меня. — Ты предстанешь пред Творцом на суд, а пока он не призвал тебя, будешь ходить на уроки со всеми.

Я молчу, мне нечего ему сказать. Учитывая, как мне больно сидеть, это просто новая, придуманная ими пытка. Я выдержу и это, я всё выдержу, потому что у меня есть то, чего у этих «ангелов» никогда не будет. Привычно уже прошептав молитву ангелу-хранителю, я чувствую себя уверенней, хотя и понимаю, что хранителя у меня нет, ведь я сама ангел... Бывший.

— Выходи, тварь, — приказывает мне не дождавшийся никакой реакции «ангел». — Пойдёшь жрать, а потом на уроки.

Я спокойно как могу делаю шаг. Я делаю шаг, стараясь не сжиматься, стараясь удержать себя в руках, хоть и понимаю, что этот... Он обязательно ударит. Так и происходит — сильный удар в спину почти заставляет меня врезаться в стенку коридора, и я просто падаю только для того, чтобы получить ещё один болезненный удар в бок. Теперь я вижу — это совсем не «ангелы», они просто притворяются таковыми, чтобы обмануть. Зло многолико...

Я помню, где находится столовая и, по-видимому, мы отправляемся именно туда. Желудок стонет и плачет, требуя положить в него хоть что-нибудь, отчего я непроизвольно ускоряю шаг. Я сейчас не в Ленкином теле, значит, мне всё можно, то есть всё, что не отрава... Но, возможно, желая меня «судить», чтобы потом всё равно сжечь, они не будут меня травить?

Я оказываюсь в столовой. Запахи вызывают почему-то тошноту, но я не обращаю на это внимания. Повинуясь жесту сопровождающего, я усаживаюсь на стул, стараясь не кричать от боли, яркой вспышкой отдавшейся во всем организме. Демоны не могут не мучить, чего же я ждала? Миг — и передо мной появляется тарелка, полная не идентифицированной сначала еды — она вся лоснится, истекая жиром, отчего меня подташнивает. Но есть хочется уже слишком сильно, поэтому я сметаю еду во мгновение ока, сразу же почувствовав приятную сытость.

Стоит мне доесть, как меня за волосы сдёргивают со

стула, направляя в сторону выхода. Я иду, чувствуя нарастающую резь в желудке. Кажется, заговор, на меня наложенный, делает меня подобной людям, отчего, похоже, мне становится плохо. Резь в животе всё сильнее, кажется, ещё мгновение — и я не выдержу, закричу, но в этот миг сознание милосердно покидает меня.

Открыв глаза, я обнаруживаю себя в своей спальне. От сытости никакого следа, желудок мой пуст, отчего есть хочется просто до потемнения в глазах. С трудом поднявшись на ноги, я иду в сторону душевой, чтобы хотя бы воды попить. Судя по всему, меня действительно сделали подобной людям, иначе бы демонская еда не вызвала такой реакции. Значит, мне предстоит ещё и голодать...

Дверь быстро распахивается, затем что-то тонко свистит, а что происходит затем, я не помню. Я прихожу в себя лежащей посреди коридора, прямо напротив какого-то класса. Значит, мне нужно подняться и войти, потому что сказали же на уроки ходить. Я поднимаюсь, ощущая слабость и боль во всём теле. Кажется, меня хотят запугать, как того святого, о котором говорил «батюшка». Но у них ничего не выйдет, потому что со мной Бог. Раз меня сделали с помощью заговора человечкой — ну, почти — значит, человеческий Бог и мой тоже, получается.

Я вхожу в класс, полный учеников, понимая, что урок, похоже, начался, но извиниться за опоздание не успеваю. На меня смотрят с такими улыбками — что учитель, что ученики... Мне становится страшно, но я снова шепчу молитву, и страх немного отступает, а потом... не помню.

— Если она сдохнет раньше времени, ты сам пойдёшь в адское пламя! — придя в себя, я слышу очень раздражённый выкрик. — Прекратить пытки!

Я знаю этот голос — он принадлежит тому самому архангелу из моего сна, не настоящему, а из «ангелов», которые демоны на самом деле... Потому что кем они ещё могут быть? Интересно, почему он решил вмешаться? Ведь им должны быть приятны чужие мучения!

— Но, директор... Это же тварь! — слышу я голос своего мучителя.

— Эта тварь должна быть живой, когда станет трапезой! — рычит ему в ответ названный директором архангел, и вот тут я пугаюсь по-настоящему.

Меня не сожгут в огне, судьба моя будет намного страшнее, насколько я понимаю, но отчего-то мне в этот момент кажется, что ничего не будет. У меня опять предчувствие, но на этот раз оно говорит мне, что всё будет хорошо, и я верю. Я верю, что никакие пытки меня не сломят, а избавление придёт.

Возможно даже, что то, о чём говорит этот «директор», тоже что-то вроде запугивания. По-моему, им очень надо, чтобы я была растеряна и сильно боялась. Интересно, зачем? Просто так, из любви к искусству никто ничего не делает, так «батюшка» сказал, значит, нужна какая-то цель. Какая? Я так думаю, потому что всё как-то уж слишком демонстративно.

Слишком болезненные пытки, слишком показательное отравление в столовой, да и всё остальное... Очень похоже на то, что меня просто пугают. А если пугают, значит, я им для чего-то нужна. Опять возвращаюсь к вопросу о своей... избранности, что ли? Мог ли разговор тех двоих настоящих ангелов, привидевшихся мне, быть обо мне? Получается, я должна победить того, кто зовётся Творцом? Ничего себе задача...

# ГЛАВА ПЯТНАДЦАТАЯ

На уроки меня ходить всё-таки вынуждают. Стоит мне заартачиться, и меня просто приволакивают в класс за волосы. Любят они это — за волосы таскать. К этому добавляется ощущение незащищённости, потому что из одежды на мне только балахон. Впрочем, после больниц меня это не тревожит — привыкла к тому, что трусов может и не быть, а вот оскорбления, несущиеся с разных сторон, и боль при сидении переносить тяжело.

— Тварь, отвечай, сколько слов в заговоре гниения? — брезгливо сморщившись, спрашивает учитель. Как-то он очень демонстративно и лживо морщится...

Меня сейчас называют только «тварью» и никак иначе, я даже ловлю себя на мысли, что скоро имя своё забуду, потому что здесь я уже месяц. Я привыкаю к очень скромной трапезе два раза в день, к тому, что ударить могут в любой момент, к злым словам... Я не ломаюсь, потому что внутри меня горит свет. Огонёк, поддерживаемый словами молитв, греет меня среди холода «школы». Да, мне нелегко, даже очень, я скучаю по маминым рукам, по папиному голосу... Я согласна уже и на боль, и на что угодно, лишь бы снова увидеть их. И будто что-то откликается на моё желание — я вижу их в своих снах.

— Я не знаю, где ты, сестрёночка, — шепчет Ленка, лёжа в своей специальной кровати. — Пусть тебя защитит Бог...

Сестрёнка не забывает меня, каждый день молясь, потому что чувствует, что так правильно. А мама с папой обнимают свою Алёнушку, радуясь тому, что теперь она будет жить. У сестрёнки оказывается редкая болезнь, но теперь ей уже получше, потому что после операции её сердечко хорошо бьётся, правильно. И эти сны согревают меня, я будто живу по-настоящему именно в них, а явь «школы» кажется просто кошмарным сном.

Меня не выгоняют на зарядку, только кормят едва-едва, чтобы не падала в обморок и могла хоть что-то сказать. А я читаю Евангелие внутри себя, потому что, оказывается, запомнила книгу, и молюсь о спасении. Я твёрдо знаю: это действительно помогает, потому что даже постоянно преследующая меня боль утихает.

В какой-то момент мне приходит в голову мысль изобразить то, что хотят увидеть мучители. Я тренируюсь перед зеркалом изображать то, чему нет места в моём сердце — страх, ужас, панику. Я привычно не пускаю в себя эти чувства, потому что они очень опасны были для Ленки, но теперь надо их хотя бы изобразить, чтобы подстегнуть «ангелов». Мне это нужно, потому что я устаю от всего происходящего, опасаясь... Однажды силы могут закончиться, поэтому и опасаюсь я.

Кажется, у меня что-то получается. Я отшатываюсь от резкого движения, закрывая голову руками и старательно дрожу. Удара при этом не следует, что значит — моя догадка верна. Им нужно сломать меня, сделать покорной для какой-то цели. Знать бы, для какой... Меня проверяют, конечно, — громкими звуками, резкими выкриками, неожиданными ударами, но я хорошо помню, что надо делать и, заполняя себя молитвой, делаю именно то, чего от меня ожидают.

Кажется, это удовлетворяет моих мучителей. Я замечаю это не сразу, но заметив, удивляюсь — меня теперь вовсе не стремятся избить при каждом удобном случае. Убедившись в своей правоте, я всё равно не расслабляюсь, помня о том, что зло коварно и многолико, а меня окружают именно те, кто и есть зло. Поэтому нельзя расслабляться.

— Ну что, тварь, — ухмыляется мой мучитель. — Сегодня ты ещё будешь чувствовать себя живой, а завтра... — он делает многозначительную паузу. — А вот послезавтра у тебя не будет!

— Ты скоро сдохнешь! — хихикает кто-то за моей спиной.

Наверное, это должно меня напугать. Меня прежнюю давно бы сломало всё происходящее, особенно вот эти последние слова. Я что-то бессвязно кричу, сама не зная что, краем глаза наблюдая удовлетворённые лица демонов, как бы они себя ни называли и во что бы ни рядились.

О сказанном я не думаю. Чему быть, того не миновать. Я очень хорошо запомнила этот принцип, поэтому просто молюсь внутри себя, полностью сосредоточившись на этом. Завтра у меня, видимо, будет бой, но вот как его выиграть, я и не знаю. Впрочем, «батюшка» говорил, что начинают войны люди, а заканчивает их Бог. Может быть, и эту закончит? Нужно верить. Это единственное, что я знаю абсолютно точно: я должна верить — и тогда всё будет хорошо.

Поэтому, наверное, я никак внутренне не реагирую на сказанное, а внешние проявления — мне не сложно сделать так, чтобы враг почувствовал себя в безопасности и снизил бдительность. Но уроки никто не отменяет, поэтому в свой последний день я сижу на уроке истории, внимательно прислушиваясь к тому, что говорит учитель. Ложь в каждом его слове, в каждом жесте. И вроде бы факты похожи на реальные, но на деле перевраны — просто невозможно объяснить, как. При этом я почему-то чувствую, где учитель лжёт осознанно, а где просто не знает правды. Интересно, почему я это чувствую?

Боль при сидении вдруг скачком усиливается, поэтому слёзы текут из глаз сами собой. Я просто не могу остановить их, хотя и не рыдаю, а только молча плачу, плывя в океане боли. Именно из-за неё я плохо воспринимаю происходящее вокруг. Я не очень хорошо понимаю, куда я иду и что делаю, механически повторяя движения наложения заговора.

Оказавшись в своей спальне, понимаю, что боль не утихает, а пульсирует во мне, заставляя извиваться и выгибаться. Сосредоточиться ни на чём я не могу долгое время, но вдруг на совсем небольшое мгновение боль исчезает, и я начинаю проговаривать слова молитвы человеческому Богу. И когда боль возвращается, мне она уже не страшна. Я понимаю — это волшебный огонёк внутри меня остановил на несколько мгновений боль, давая мне передышку, и от этого факта я улыбаюсь. Я не одна.

Внутри меня есть огонёк, согревающий мою уверенность в том, что всё это скоро закончится, и уверенность эта совсем неплохая. Не то предчувствие, что было перед операцией, а совсем другое — светлое, чистое. Оно заставляет меня верить и улыбаться. Несмотря на то, что пальцы сводит от пульсирующей боли, я улыбаюсь, потому что предчувствие меня точно не обманывает, а значит — завтра будет победа.

Так или иначе, я знаю, я чувствую — Творец — или как его на самом деле зовут — не добьётся никакого успеха, потому что у меня есть вера, а где-то далеко — родители и Ленка. Одно это ощущение родителей, воспоминание об их любви и нежности согревает меня. Я верю — всё будет хорошо!

Вот и настаёт утро... За окном едва забрезжил рассвет, тёмные тучи нависают над школой, а я уже на ногах. Долго спать из-за боли не получается, но я знаю — сегодня всё так или иначе закончится, поэтому начинаю свой, возможно, последний день с душа. Так положено, жаль только, переодеться не во что, но это не зависит от меня, поэтому пойду в чём есть.

Я знаю, скоро за мной придут, поэтому прощаюсь. Во сне сегодня я прощалась с мамочкой и папочкой, благодаря их за то, что они были в моей жизни, а Алёнка как-то услышала меня, и мы плакали вместе. Но сейчас приходит мой последний бой, хотя я и не знаю, что меня ждёт, но не боюсь. Я не одна, в моей душе горит огонёк Бога, и он согревает меня. Кажется, с того самого мгновения, когда меня обняли ласковые мамины руки, он горит в моей душе. Поэтому с молитвой и этим огоньком в душе я готова.

Распахивается дверь, в комнату шагает мой мучитель. Едва не забываю сделать испуганный вид, но ему, кажется, всё равно. Схватив меня за волосы, он резко дёргает мой балахон, отчего ткань, треща, распадается, оставляя меня совершенно обнажённой. Всё ясно... Они хотят меня максимально унизить, глупые демоны. Разве может испугать обнажение того, в чьей душе горит негаснущий огонь?

Грубо дёрнув за волосы, отчего я чуть ли не падаю на четвереньки, он выводит меня из комнаты, широким шагом направляясь прочь. Я поспеваю за ним, согнувшись в три погибели, стараясь не упасть, хотя на ступенях мне это не удаётся, и меня дальше волокут по ступеням, причиняя нестерпимую боль. Голова затуманивается, я теряю ориентацию на мгновение, понимая, что мы прошли сквозь какой-то портал, а в следующее мгновение я лечу, чтобы упасть на что-то не сильно твёрдое. Удар вышибает воздух из моих лёгких, поэтому лишь чуть погодя я чувствую под собой ковёр.

— Девочка, что с тобой? — слышу я вроде бы участливый голос. — Эй там! Принесите одежду!

Я приподнимаю голову, видя кого-то с радужными крыльями. Он похож и не похож на ангела, и хотя на лице его улыбка и тревога, в глазах я вижу насмешку. Мне всё становится понятно: незнакомец решил показать заботу, чтобы, измученная и забитая, я к нему потянулась. Прежняя Катрин, скорее всего, так бы и сделала, а вот нынешняя видит ложь.

— Кто вы? — старательно дрожа всем телом, спрашиваю я.

— Я — Творец, милая, — отвечает он, и такое предвкушение мне слышится в слове «милая», что меня за малым не передёргивает.

— Вы будете меня судить? — стараясь сделать так, чтобы голос дрожал, интересуюсь я.

— Ну что ты, милая, — пытается изобразить ласку это существо. — Сейчас тебя оденут, затем мы позавтракаем и поговорим. У меня для тебя есть предложение, тебе понравится.

Улыбка на его лице похожа на оскал, а в демонстративной ласке нет ни слова правды. Он лжёт, и я чувствую это, но зачем ему лгать? Творец же всё может сделать сам, зачем ему я? Похоже, и тут я была права — он совсем не Творец, а, наверное, главный демон. Поэтому я прошу Бога дать мне сил. И сразу же чувствую прилив энергии, как будто меня услышали и помогают. А ещё — уж не послышалось ли мне? — какой-то голос в отдалении прошептал о помощи, которая идёт.

Я прежняя, не знавшая ещё мамы и папы, наверное, поверила бы в эту ложь. Что же, сделаю вид, что верю, ведь это несложно. В этот момент меня аккуратно берут на руки, но я зажмуриваюсь и дрожу изо всех сил, из-под прикрытых век наблюдая за «Творцом». Не увидеть удовлетворённой улыбки невозможно, значит, я всё правильно поняла.

Затем я вдруг оказываюсь за столом, полным разных блюд, большую часть которых я не видела никогда. Продолжая изображать испуганную девочку, я дрожащей рукой беру маленький кусочек хлеба, который сразу же съедаю, воровато оглядываясь по сторонам. Ну, по крайней мере, так это должно выглядеть. Кажется, он верит, вон как хмурится. Ломает его план «забитая девочка».

— Что же ты не кушаешь? — напряжённым голосом произносит «Творец». — Ешь! — приказывает он.

Я же скатываюсь со стула, закрываю голову руками и умоляю его не бить. Господи, как же сложно изображать это! Но «Творец» верит, вон как хмурится, затем кивает кому-то, и меня усаживают на стул. Но заговор не снят, потому мне очень больно. И этой боли я поддаюсь, начиная плакать.

«Творец» что-то бормочет о дураках и других нехороших «ангелах», но ждёт некоторое время, пока я успокоюсь. И вот в этот момент я чувствую, что огонёк в моей душе начинает разгораться сильнее, поэтому я читаю молитву за молитвой, даже не понимая, что говорит «Творец». Сквозь слова, наполняющие мою душу, я слышу тем не менее...

— У тебя есть искра, у меня — власть, — говорит мне «Творец». — Встань рядом со мной, чтобы править мирами!

— Не бейте... не надо... не надо... — отвечают ему мои губы.

— Дай мне своё согласие! — его голос требователен и властен.

— Не надо... пожалуйста... — слышит он в ответ, постепенно понимая, что ничего больше от меня, по крайней мере, сейчас не дождётся. Но, видимо, он к чему-то готов, и ему нужно прямо сейчас получить от меня согласие, неизвестно зачем.

— Быстро согласилась! — какая-то сила выносит меня из-за стола, подвешивая посреди огромной комнаты. Я чувствую, что мои ноги начинают нестерпимо болеть, как будто я стою в костре.

— Согласие! — требует он.

Решив добиться своего болью, «Творец» явно злится, а огонь в моей груди уже пылает огромным костром. Он разгорается, отвечая словам звучащей в душе молитвы, нет, даже не молитвы, а отчаянной мольбы. Я вкладываю в эти слова всю мою душу без остатка...

И вот место, в котором мы находимся, сотрясается раз, другой — и что-то происходит. Мне кажется, я слышу неотвратимую поступь того, кто пришёл мне на помощь.

— Ах ты тварь! — кричит «Творец», кидая в меня что-то тёмное.

Я понимаю, что пришёл мой смертный час, но даже не успеваю испугаться, ибо летящая тьма разбивается о лезвие сияющего меча, возникшего прямо передо мной. Я только и успеваю удивиться, когда меня закрывают большие, очень тёплые, как мне кажется, крылья со стальным отливом. Справа и слева вдруг появляются ангелы. Не те, которые «ангелы», а настоящие, я чувствую это, и именно к ним рвётся мой огонь.

— Ну, здравствуй, Люци, давно не виделись, — слышу я насмешливый голос ангела из сна. — Как, поиграл в Творца? Слазь теперь!

— Я всемогущий! — кричит тот, кто совсем недавно называл себя «Творцом».

— Ага! — с готовностью соглашается тот, кого в моём сне называли Петром. — Слазь, я сказал!

Что-то ярко вспыхивает, а в следующее мгновение я чувствую себя лежащей в тёплых ласковых руках, таких же уверенных, как руки папочки. Ангел, что держит меня на руках, ласково улыбается мне, отчего становится тепло не только внутри. От этой ласки, такой знакомой и незнакомой одновременно, от его улыбки меня отпускает напряжение, и куда-то убегает привычная уже боль. Кажется, всё закончилось, и мы победили. Мне так кажется...

# ГЛАВА ШЕСТНАДЦАТАЯ

У меня снова есть крылья. Они красивые, с металлическим отливом, как у дяди Петра. Это означает, что я противостояла Злу. Вот только не нужны мне крылья, мне нужно совсем другое — мамочка, папочка и Ленка, которая Алёнушка. Я не знаю, кого попросить, чтобы меня отпустили, потому что, несмотря на ласку и заботу, которыми меня окружили, я к маме хочу!

Сначала меня, конечно, лечат, снимая заговоры и демонские проклятья, одевают в красивое белое платье, кормят тоже, но мне немного грустится, потому что, несмотря на то, что всё закончилось, я не чувствую себя счастливой. Демонов сортируют и изгоняют, а их предводитель оказывается целым Люцифером, это падший ангел. Когда-то он был ангелом, но решил, что лучше Бога знает, как правильно, и поэтому оказался в аду. Ну, как-то так эта история звучит, но она меня не сильно волнует.

— А как так вышло, что он прикидывался ангелом? — спрашиваю я дядю Петра.

— Люци решил уничтожить ангелов, — объясняет мне архангел. — Но у него не получилось, поэтому он просто блокировал рай. Но правила Отца едины для всех, и раз существует ад, должен быть и рай, поэтому у него не было выхода.

— Значит, он сам себя обманул, — киваю я, затем смотрю в глаза архангела. — Что со мной будет?

— Можешь стать ангелом-хранителем, — предлагает дядя Петр. — Будешь защищать людей, ты это умеешь уже. Но ты же другого хочешь?

— Я к маме хочу, — признаюсь я, вздыхая. — Даже память иногда не помогает.

— Ты хочешь стать человеком, — кивает он мне, в задумчивости почесав крыло. — Я понимаю тебя, но это только Отец решить может, пока же тебе в себя прийти нужно.

— Понимаешь... — я не знаю, как сформулировать, несмотря на то что с дядей Петром, сразу предложившим называть его на «ты», очень легко говорить. — Я не чувствую себя ангелом, вот совсем... А как я родилась?

— Ангелы не рождаются, — улыбается архангел. — Ангелов или создаёт Отец, или ими становятся павшие души. А ты... Душа погибшего ребёнка стала ангелом, но очень рвалась обратно к людям, тогда и решили подкинуть тебя демонам... Отец был против этого плана, а принявший это решение принёс себя в жертву, защитив тебя.

Эта информация для меня выглядит необычно, поэтому я начинаю расспрашивать Петра подробнее. Мне интересно многое — например, кем я была, но этого дядя Петр не знает или просто не хочет говорить, а я не настаиваю. Но вот подробности того, как я оказалась у «ангелов», мне интересны. И вот что, оказывается, произошло. Главный демон заблокировал путь к людям для ангелов, поэтому нужно было его пробить с другой стороны. И один из ангелов решил принести себя в жертву, защитив меня силой своей души. Во-первых, этим он сделал меня яркой для демонов, а во-вторых, именно поэтому меня и нельзя было убить, правда, я так и не понимаю, почему именно нельзя. Ангел, который сделал это, полностью исчез, потому что использовал свою душу без остатка... Поэтому я и оказалась там, где оказалась, и путь мой простым точно не был. Наверное, из-за этого я и не хочу быть ангелом.

Я не чувствую себя дома среди них, поэтому не знаю, чем заняться. Жизнь кажется грустной... Я хочу попросить того, кого ангелы называют Отцом, отправить меня к мамочке и папочке или развеять, если это невозможно. Боли в моём теле уже нет, но тоска по мамочке и папочке гораздо сильнее любой боли, поэтому я часто плачу.

Кажется, все злодеи повержены, всё зло наказано, можно просто радоваться в раю, но мне рай горше ада, потому что я хочу к маме. Если бы я потеряла память, я всё равно бы хотела к маме, я точно знаю это, поэтому прихожу к дяде Петру каждый день и, наконец, уговариваю его. Он ведёт меня к Нему... Ведёт, чтобы Бог сам решил мою судьбу, потому что горше горького для меня — оставаться здесь.

Можно было бы, наверное, сбежать, но так поступать нечестно, да и что я там, среди людей, буду делать в ангельском теле? Ангелу в людском мире тесно, так дядя Гавриил говорит, а он понимает в этом, но, может быть, я могу стать человеком? Пусть даже мне будет очень-очень плохо, потому что нельзя же стать абы кем, а только недавно умершим, но дети же просто так не умирают, причина нужна... Я просто верю, что смогу найти мамочку и папочку, и они меня примут. Я верю в это, потому что — как же без мамы?

В раю есть другие дети — и ангелы, и нет — но я просто не могу бегать и веселиться, и хотя одна добрая тётенька говорит, что так бывает, я не хочу, чтобы так было, ведь где-то там, среди людей, моя мама... И папа... И сестрёнка... Кажется, я связана с ней нерушимой нитью, отчего мы часто разговариваем во сне. Ленка делится со мной своими заботами и бедами, а я просто обнимаю её. Моя сестрёнка уже ездит в школу, где её совсем не обижают, поэтому ей есть о чём рассказать, а я учусь вместе с ней, чтобы не отстать, потому что верю, что однажды...

Я верю, и сила моей веры такова, что дядя Петр, наконец, решается взять меня к Богу, точнее, к его Сыну, потому что Бог же очень занят, а его Сын выслушал Петра и сказал, что нет ничего важнее этого. Ну, мне так дядя Петр передал, поэтому сегодня мы идём к Нему.

Я не знаю, чем всё закончится, потому что Он же может рассердиться или подумать, что это вообще капризы. Я не боюсь возможного наказания за свою просьбу, потому что я уже пережила многое — и боль, и предательство... Мне не страшно, потому что огонёк в моей душе никуда не делся. А ещё я понимаю, что Он же меня не знает и захочет испытать, наверное.

Награду за сделанное я получила уже — мои крылья. Очень красивые, но совсем мне ненужные. Меня никто не спрашивал о том, чего бы мне хотелось, я же благодарна за то, что имею. Но тоска по маме становится с каждым днём всё сильнее, поэтому пусть... Пусть накажет, пусть даже сильно-сильно накажет, но отпустит меня к мамочке и папочке. Пусть даже я не смогу ходить, я поползу к Ленке! Даже если придётся всю жизнь ползти!

Я знаю, что Бог справедливый, но не очень понимаю, что такое «справедливость». Для меня она — разрешить мне вернуться, а для Него? Что, по Его мнению, будет справедливым по отношению ко мне? Я не знаю этого, но с надеждой в душе иду, держась за руку дяди Петра. Я иду, привычно уже проговаривая слова молитвы про себя, прося Его сжалиться. Хотя ангелам молиться и не положено, но я просто уже так привыкла, поэтому и проговариваю, а огонёк в моей душе пульсирует в такт словам.

Пусть мне повезёт! Ну, пожалуйста...

Я сижу в удобном плетёном кресле, белом, конечно, за таким же белым круглым столом, попивая удивительно вкусный чай. Мой собеседник очень похож на свои портреты, которые я в церкви видела, и ещё — он едва заметно светится. Правда, я тоже почему-то свечусь, но это мне неважно. Вокруг расстилается райский сад, даря ощущение тепла и покоя.

Посматривая на Него, я думаю о том, как начать разговор, ведь понятно же, что он простым не будет, но при этом чувствую себя не взрослой ангелицей, а совсем юной девочкой. Как же убедить Его отпустить меня к маме? Губы мои шевелятся, потому что я подыскиваю про себя убедительные слова, отчего Он улыбается, глядя на меня.

— Ну, что же... — говорит Он. — Ты пришла ко мне, чтобы просить... Не скажу, что не имеешь права, поэтому говори, чего ты хочешь?

— К маме... — шёпотом отвечаю я, не опуская головы. — К папочке и Ленке. Отпустите...

— К маме... — задумчиво произносит Сын Бога, выглядящий сейчас совсем по-человечески. — Но люди бывают подлыми и злыми, уверена ли ты, что она тебя примет?

— Я верю... — отвечаю Ему, потому что это правда. — Мама не может быть плохой!

Некоторое время Он раздумывает о чём-то, я же просто жду решения. Всей душой надеюсь на то, что Он решит мне помочь, а цена не так важна, я соглашусь на что угодно, лишь бы быть с мамочкой, папочкой и Ленкой. На совсем что угодно, без «если». Он видит мою решимость, я знаю это, оттого вздыхает.

— Ты рвёшься из райского сада... — говорит Он. — Что же, тебе помочь можно, только знаешь ли ты, что у каждого желания есть цена?

— Я на всё согласна! — твёрдо произношу я, глядя в глаза Сыну Бога.

Он поднимается на ноги, приглашая меня следовать за Ним. Мои крылья трепещут, выдавая моё волнение, но я держусь. Плакать хочется просто невыносимо, но я всё равно держусь, потому что нельзя слезами... Нельзя сейчас. Потом, попозже, я смогу поплакать.

Деревья расступаются в стороны, открыв мне вид на поляну, посреди которой вращается голубой шар. Я знаю, что это такое — это людской мир. Сын Бога что-то делает рукой, отчего какая-то местность становится больше, больше, появляются знакомого вида домики, и я понимаю, что это — Германия. Сын Бога что-то прокручивает, меняет, пока перед нами не появляется девочка лет, наверное, десяти. Он вздыхает, показывая мне на ребёнка, часы жизни которого показывают очень малый оставшийся срок.

— Девочку зовут, как тебя — Катрин, — произносит Сын Бога. — Она сирота, живёт в приёмной семье, только вот, внешне успешная, эта семья таит в себе много тайн.

Приёмных детей трое, Катрин — самая младшая, две девочки старше неё, им по пятнадцать, и я даже отсюда вижу, как сильно они запуганы. Боящиеся любого громкого звука, окрика и... мужчин. Особенно — опекуна. Я смотрю в души девочек, видя, что с ними сделали, и не сдерживаю слёз.

— Ты станешь проводником моей воли, — негромко произносит Сын Бога. — Если решишься — займёшь место Катрин, и тогда всё будет зависеть от тебя.

— Значит, меня попробуют убить? — спрашиваю я, настраиваясь на то, что вижу.

— У Катрин не выдержит сердце, когда с ней попытаются сделать противоестественное, — объясняет мне Он. — Люди обладают свободой воли. Потом-то он будет за это наказан, но предотвратить — не в моих силах.

Я это уже знаю, хоть и не понимаю, что могу сделать, а Сын Бога рассказывает мне о том, что делали с этими детьми, почему с ними такое делали, и что я могу совершить. Он очень хорошо ориентируется в происходящем среди людей. Наверное, это потому, что переживает за каждого, но вот спасти не желающих спастись невозможно, я очень хорошо знаю это.

— Я даю тебе выбор, — сообщает мне Сын Бога. — Ты можешь решить сама, идти или нет. Если не пойдёшь, то нашего разговора не было, но вот если твоё желание сильно, то пусть это будет твоим Испытанием. Я оставлю тебе понимание языков, но только понимание, хотя родной язык тех, кого ты считаешь семьёй, тоже... — Он будто раздумывает, хотя я вижу, что всё уже решено. — Если ты шагнёшь к людям, то ангелом уже не будешь, и всё будет в твоих руках. Всё поняла?

— Я поняла, — киваю я. — А почему нельзя без Испытания?

— Люди не ценят достающееся им просто так, — вздыхает он и исчезает, будто и не было его тут. Я остаюсь наедине с шаром, мне предстоит принять решение.

Это должно быть именно мое решение, поэтому никто не смеет мне мешать. Свобода принимать решения и никого не винить в их последствиях — вот в чём и заключена пресловутая «свобода воли». Шагнув *туда*, я потеряю и крылья, и возможность лечить собой. Я окажусь в моменте смерти девочки, став ею, и только от меня будет зависеть, найду я мамочку, папочку и Ленку или же нет. Мне не жалко крыльев, мне немного страшно, ведь не просто так умрёт Катрин... Но я уже столько выдержала, значит, выдержу и это. В отличие от людей, я точно знаю, что Он слышит каждого, значит, я уже не одна.

Я очень хочу к родителям, но путь к ним может быть долог, да и примут ли они сироту? Задумавшись об этом, я понимаю: примут. Потому что они — это они, и я верю им и в них. Нужно решаться, хотя меня никто не торопит. Стоит шагнуть — и моя спокойная жизнь закончится, ведь Катрин наверняка делали больно те люди, которые как звери, они иначе не умеют. А девочка в шаре совсем юная, лет десять ей, чуть постарше Ленки, получается... Я смотрю на неё, пытаясь понять, о чём она думает, о чём мечтает, но шар показывает мне очень испуганного ребёнка со стеклянными глазами. Ничего, кроме ужаса, не выражающими глазами. Смогу ли я ещё раз пройти через ад, чтобы быть рядом с теми, кто мне дороже ангельских крыльев?

Я смотрю в проекцию, мысленно готовясь к возможной боли, издевательствам, ещё чему-то. Ведь мне предстоит сбежать и как-то добраться до того самого города, о котором я знаю очень немного. Как это сделать юной девочке, я пока не знаю, но, думаю, разберусь на месте. Сейчас я стараюсь надышаться, потому что помню, как себя чувствуешь после смерти. Сейчас мне, наверное, предстоит это узнать ещё раз. Страшно на самом деле, ведь я, как и все дети, не люблю боли. Очень страшно решиться, но я уже... Я знаю, что шагну, знаю, что буду стремиться к родителям, просто знаю это... Значит, незачем тянуть время. Как шутит папа — мой любимый папочка! — «перед смертью не надышишься». И зажмурившись, я делаю шаг вперёд.

# ГЛАВА СЕМНАДЦАТАЯ

Под потолком отчаянно воет сирена. Последние мгновения Катрин были настолько страшны, насколько они и могли бы быть, но девочка успела отчаянно закричать, и кто-то из соседей вызвал полицию. Катрин это не спасло, замученная девочка ушла в чертоги рая, а на её месте оказалась я, чтобы услышать последнее слово проклятия погибшей девочке.

Машина покачивается, стараясь успеть, ведь моё сердце работает нестабильно, а сама я вообще не дышу, хотя и стараюсь взять под контроль лёгкие, но пока не получается. Внутри разливается какая-то необычная боль, отчего мне хочется плакать, но я, конечно же, держусь. Я здесь не для рыданий, мне нужно найти мамочку, папочку и Ленку, конечно.

Двигаться я не могу, даже глаза пока не открываются.

Со мной что-то делают, уговаривая меня то дышать, то терпеть, то не умирать. По-немецки уговаривают, значит, я хотя бы в одной стране с родителями и сестрёнкой, потому что эту подробность у Него узнать я забыла. Но, наверное, совсем неподъёмное Испытание не принято давать. Хотя я же не знаю, что меня ждёт...

— Есть стабилизация, — сообщает один из докторов, кажется. — Теперь только довезти.

— Мы уже почти, — отвечает ему другой.

Действительно, через несколько минут машина останавливается, я чувствую, что меня куда-то везут. Каталка катится быстро — наверное, потому что довезти же надо. Слышу грохот раскрывшихся дверей, скороговорку одного из докторов, рассказывающего, что со мной случилось. Прислушиваюсь и запоминаю. Сделать со мной то, что хотели, не успели, только раздели и сильно побили. Хорошо, что не успели совершить то... противоестественное... потому что как после такого жить...

— Катрин Шнитке, десять полных лет, остановка больше минуты, интубирована, нестабильна, — очень лаконично докладывает другой голос, добавляя: — Страховка общая, сирота.

— Везите, — я почти вижу, как кто-то неизвестный кивает. — От чего закончилась, известно?

— Травматический шок и страх, герр доктор, угроза насилия, — отвечают ему, после чего меня, видимо, грузят в лифт.

Глаза всё так же не открываются, да ещё ко всему я чувствую холод, как тогда, когда была Ленкой. Ну и больно мне, причём странно... Я прислушиваюсь к себе, пытаясь понять, что именно болит. Очень привычно — руки, как у Ленки, но непривычно — ноги. Какая-то странная боль, слегка пульсирующая, как будто меня сейчас бьют по ногам, но этого же нет?

Каталка останавливается, со мной что-то делают, кажется, перекладывают, затем я чувствую иглу в руке, которую от этого простреливает болью сверху донизу так, что всё исчезает. Я плыву в чёрной дымке, не в состоянии никак на это повлиять, но в чём-то даже наслаждаюсь этим, потому что у меня ничего не болит. Я, наверное, просто сознание потеряла от боли, папа говорил, что так бывает.

Прихожу в себя я внезапно, открывая глаза. Вокруг привычная палата, выглядящая точно так же, как и тогда, когда я была Ленкой. Дышать отчего-то сложно, я закашливаюсь, но вокруг становится людно, мне открывают пошире рот, немного грубовато, потом что-то выдёргивают из горла, при этом я пугаюсь — мне кажется, что язык вырвали, но это всего лишь какая-то трубка. На лицо ложится маска, в которой шипит, как я понимаю, кислород. Я делаю первый вдох.

— Катрин? Ты меня слышишь? — слышу я женский голос.

Этот голос мягкий, спокойный, но какой-то равнодушный. Той, что обращается ко мне, всё равно, она просто выполняет свою работу, я это чувствую. Одиночество острым лезвием ощущается в душе, но мой огонёк сразу же напоминает мне: я не одна.

— Слы... шу... — едва шевеля губами, отвечаю я.

С теми же равнодушными интонациями незнакомка говорит мне, что я в больнице, меня скоро вылечат и я смогу вернуться домой. Тело от этого известия начинает дрожать, мне становится трудно дышать, но я стараюсь взять себя в руки. Какой-то прибор натужно гудит, в палате опять становится людно. Со мной опять что-то делают, кто-то выговаривает незнакомке, выгоняя её из палаты, а я вспоминаю о молитве, поэтому с её помощью успокаиваюсь.

Затем люди выходят, и я остаюсь одна. Это странно, ведь считается, что я умерла почти, почему тогда меня оставляют в одиночестве? Папа так не поступал, хотя, возможно, это было потому, что он — папа... А здесь доктора — чужие люди... Может, и не совсем равнодушные, но им всё равно, как я чувствую себя, и контраст по сравнению с тем, что я знала раньше, просто убийственный. Но у меня есть огонёк, поэтому я не одна.

Боль наваливается с новой силой, но позвать просто некого — меня никто не услышит, а пульт с кнопками я только вижу, но не дотянусь, ведь я и руки поднять не могу. Поняв, что помощи мне не видать, я замираю, глядя в потолок, стараясь отвлечься от всё усиливающейся жажды. Пить, конечно, хочется сильно, но я проговариваю про себя слова молитвы, полностью сосредоточившись на этом. Без воды прожить можно некоторое время, не очень долгое, но можно, поэтому я терплю.

Дверь раскрывается тогда, когда я почти отчаиваюсь уже. Входит какая-то женщина в салатовом костюме, наверное, медсестра. Я жалобно смотрю на неё, она же мне сообщает, что если мне что-то нужно — достаточно нажать на кнопку. И это так обидно, что просто нет слов, чтобы описать, как.

— Пить... — хриплю я. — Пожалуйста...

Но медсестра читает мне нотацию, совершенно не обратив внимания на мои слова. Воды, впрочем, она мне наливает и даже помогает попить, отчего-то поморщившись. У меня возникает ощущение, что я среди демонов, настолько похоже поведение. Я вспоминаю, что говорил папа о «разных» врачах. Похоже, мне не повезло... Впрочем, чего я ожидала? Кому есть дело до сироты? Разве что папочке и мамочке... Я... я верю! Верю в то, что они меня не бросят! Они же просто не знают, что я есть, что я тут! А когда узнают — сразу же заберут! Я верю...

Мне остаётся только эта вера, потому что больше мне надеяться не на что. Мне даже суставы не зафиксировали, ничего не сделали, может, они просто не знают, что мне больно?

— Ну, как ты тут поживаешь? — появившийся врач с

интересом смотрит на меня, но мне почему-то не хочется верить его улыбке.

— Я... руки... больно... и ноги... — мне трудно говорить, поэтому я пытаюсь больше показать.

Взгляд врача становится немного даже обиженным, как будто я виновата в том, что у меня что-то болит. Он тяжело вздыхает и обещает заняться моими руками и ногами. Что это значит, я пока не понимаю, но всё-таки радуюсь скорому избавлению от боли. Я радуюсь, не зная ещё, что мне приготовила судьба.

— Тебе это только кажется, — говорит мне доктор. — У тебя на самом деле ничего не болит.

— Как не болит? — удивляюсь я. — Мне даже ложку трудно взять в руку.

— Тебя обследовали и ничего не нашли, — отвечает мне этот странный врач. — Значит, ты симулируешь. Это было бы объяснимо раньше, но в свою семью ты больше не вернёшься, поэтому твоё упорство необъяснимо.

— Но мне же больно... — делаю я последнюю попытку, уже понимая, что помощи не будет.

— Если будешь продолжать симулировать, — назидательно произносит он, — попадёшь в психиатрическую клинику, откуда выйдешь уже тихой и спокойной. Поняла меня?

Со мной говорят равнодушно или раздражённо, не верят в то, что мне больно, угрожают. Я понимаю — помощи не будет, но, учитывая, что ходить мне тоже тяжело, убежать к мамочке и папочке будет сложно. Что же, это моё Испытание, мой путь и мой крест, а Господь не даёт креста не по силам, так говорил «батюшка». Значит, в моих силах вынести это.

Выписывают меня через десять дней, несмотря на то что я трудно дышу. Иногда очень сложно вдохнуть, так, что даже подступает паника. Но тут я помощь неожиданно получаю. В предпоследний день я иду по коридору от злого психиатра, с которым согласилась уже, лишь бы отстал, но вдруг становится тяжело дышать, и я падаю на какого-то дядю. Он оказывается чуть ли не самым главным в больнице, поэтому очень сильно ругает других докторов, а мне при выписке дают коробку такую, которую нужно носить на плече. Она помогает мне дышать, называется «кислородный концентратор». У Ленки такой тоже был, но побольше, а этот маленький, как крупная сумка, чтобы я могла носить его сама.

Это очень странно. Почему они поверили, что мне не дышится, но не верят в то, что больно? Я не понимаю этого, но покоряюсь судьбе. А судьба нынче представлена не очень добро смотрящей на меня тёткой из социальной службы. Её задача — определить меня в приют, пока кто-нибудь не возьмёт «эту обузу», как она говорит водителю машины, к себе.

Что же, «тварью» я была, теперь, значит, меня будут звать «обузой». Мне хочется плакать, потому что тёплые, ласковые руки остаются лишь во сне. Тётка жёстко говорит со мной, называя «развратной» и «симулянткой», отчего я понимаю, что тот доктор, который психиатр, мне тоже не поверил и решил испортить жизнь. Наверное, он так отомстил за потраченное на меня время.

Меня сажают в машину, чтобы отвезти в приют, где мне положена своя комната, одежда, школьные принадлежности, но не положено ласки и тепла. Однако тепло живёт во мне, поэтому я выживу. Моё тепло — это воспоминания о папе с мамой и сестричке, молитвы, подогреваемые огоньком веры в Бога, не покидающей меня, а значит, я выживу, несмотря ни на что. Автомобиль всё едет, а я отвлекаюсь от того, о чём говорит злая тётка с водителем.

Не знаю, кто и что ей рассказал, но из её речей следует, что я чуть ли не соблазнила опекуна, и в этом нет ни грана правды. Это ложь, бесстыдная ложь, от которой меня охватывает чувство бессилия. Хочется плакать, ведь мне десять всего! Какое соблазнение, даже исходя из простой логики?! Видимо, Он хочет показать мне, что не все люди такие, как мамочка и папочка... Что же, я вижу.

Я вижу, что среди них есть такие, перед которыми и демоны могут показаться агнцами, но я верю, что не все такие, потому что помню руки мамы. Я помню заботу папы. И слышу Ленкин голос. Пусть он остался только в памяти, потому что здесь мне не снятся те самые сны, что были в раю, но даже в памяти они все со мной, и я не одна. Я не могу быть одна, ведь в моей душе живёт Бог и горит тёплый огонёк.

Из машины меня почти выгоняют, заставляя двигаться быстрей. Злой тётке явно не терпится от меня поскорей избавиться, но я прощаю её. Я прощаю врачей, не поверивших мне, прощаю даже угрожавшего мне психиатра и бывших опекунов тоже. Не мне их судить, для них всех придёт время суда, а я могу только простить их, «ибо не ведают они, что творят», как говорил «батюшка». Интересно, а здесь есть церковь?

— Забирайте эту симулянтку, — говорит злая тётка незнакомой мне женщине, после чего вручает ей какие-то бумаги и уходит.

— Ты не похожа на симулянтку, — произносит новая тётя. — Меня зовут фрау Вернер, можешь обращаться ко мне по всем вопросам.

— Спа... сибо... — от непрекращающейся боли трудно говорить, но я заставляю себя идти вслед за женщиной.

Фрау Вернер показывает мне мою комнату, вручая ключ, после чего просто разворачивается и уходит, а я делаю несколько шагов и бессильно падаю на свою новую кровать, чтобы разрыдаться. Я не могу, оказывается, терпеть боль и такой холод, равнодушие тех, кто поставлен заботиться обо мне. Людьми ли, Богом... Но они должны заботиться, раз выбрали такую работу, а взамен...

Проплакавшись, я разбираюсь с вещами. В первую очередь, надо концентратор поставить на зарядку, потому что без него у меня появляется ощущение, что я умираю, а умирать так — очень страшно. За что со мной так поступают, я не понимаю, но это совершенно неправильно — так обходиться с ребёнком. У демонов хотя бы понятно было, а здесь-то я им что сделала?

Ходить мне больно, если быстро, а медленно — ничего, главное, левую ногу не сгибать, потому что она болит сильнее правой. Чтобы почистить зубы, надо взять ластик из школьного рюкзака и взять щётку так, чтобы пальцы охватывали и резинку. Тогда почти не больно. А вот как я буду есть — не знаю, потому что с ложкой такой фокус не пройдёт — просто отберут и, в лучшем случае, отругают. Нужно будет что-то придумать.

Моя комната небольшая, в ней помещается кровать, письменный стол, шкаф и... и всё. Ещё вешалка у самой двери и стул у стола, но это, кажется, обычное дело. Теперь мне здесь жить. Одной, никому не нужной... Впрочем, нет, почему никому не нужной? Я нужна мамочке и папочке, нужно только известить их об этом. Нужно как-то дать знать о себе. А как? Я не знаю...

Скоро мне предстоит идти на ужин, а это означает боль. Нужно не показывать её, потому что, если запрут в психиатрическую клинику, мамочку и папочку я точно не увижу никогда. Или выйду оттуда сущим растением, или просто никогда не выйду. Меня очень качественно запугали в больнице — так, что я просто боюсь быть запертой. Страшусь своего будущего и уже опасаюсь доверять. Люди бывают очень страшными. Намного страшнее демонов...

# ГЛАВА ВОСЕМНАДЦАТАЯ

Я учусь не сгибать руки и держать их так, чтобы было меньше больно, но боль всё равно есть, хотя я к ней притерпелась, кажется. С руками самая большая проблема будет, когда меня отправят в школу, то есть завтра. А вот ходить мне очень тяжело, потому что больно. Даже представлять, что это — боль во искупление, не получается, потому что не понимаю, за что.

Внезапно оказывается, что церковь поблизости есть, но она какая-то не такая. Войдя, я творю крест, ко мне сразу же подходит какой-то непонятно одетый дядечка, он внимательно смотрит на меня и говорит, что мне надо идти в какую-то «свою» церковь, потому что это — другая «конфессия». Что это такое, я не знаю и от боли почти не понимаю, что он мне говорит. Но, похоже, мне тут не рады, поэтому я ухожу, лишённая теперь даже этого. За что со мной так? Что я сделала такого, что меня даже из неправильной какой-то церкви выгнали, я не понимаю.

Впрочем, здесь всё какое-то перекошенное, а люди просто злые, как будто это демоны какие-то. Но так думать плохо, поэтому я просто делаю то, что привыкла — и шепчу молитву, когда положено, и делаю, что положено, твёрдо зная, что не в церкви вера, а во мне. Ну, а если я вдруг почему-то пришлась не ко двору, то так тоже бывает. Мне, в отличие от людей, в существование Бога верить не надо, я просто знаю, что он есть.

День привычен до невозможности уже — встать, умыться, поплакать от боли, опять умыться, медленно идти на завтрак. Хорошо, что хотя бы можно выбирать, что есть. В первый же день, ощутив тошноту и боль в животе от того, что поела, я запоминаю: жирное нельзя. Потом я узнаю, что и жареное нельзя, а пиццу, которая выглядит так аппетитно, наверное, даже нюхать нельзя, потому что плохо после неё так, как будто отравили. Но я не жалуюсь.

Я привыкла к тому, что мне не верят. Поэтому не решаюсь пожаловаться, а уже по опыту ем только то, что точно не сделает плохо — салат, суп, хлеб, чай. От кофе и какао тоже становится плохо, я просто выдаю весь завтрак обратно. Из-за того, что питание не очень, я, кажется, худею, хотя и так не слишком толстая была. Но это не так важно, важнее найти способ отправиться к маме и папе. Любой ценой нужно найти способ... Пока, впрочем, ничего не придумывается.

День проходит в серой дымке, расцвеченной искрами боли. Наутро мне надо будет в школу, причём до неё надо будет именно дойти. Как это у меня получится, я себе даже не представляю. Одна надежда, что Он не оставит... Я ложусь спать, поставив концентратор на зарядку, потому что он мне завтра очень пригодится. Каким он будет, мой новый класс?

Я не жду ничего хорошего от жизни. Просто понимаю, что хорошее — это мамочка и папочка, а все остальные как будто желают, чтобы я плакала, как демоны. Интересно, они за волосы таскать будут? И также делать больно? Не знаю, только прошу Его укрепить меня, помочь пройти это Испытание, хоть и понимаю, что помощи не будет, на то оно и испытание... Но тем не менее с надеждой смотрю в завтра.

Ночью мне опять не снится ничего. Как же я соскучилась по мамочке, папочке и Ленке! Однажды, я верю, я увижу их снова... А сейчас надо вставать. Привычно уже отзываются болью ноги, да и прошивающая руки яркая молния радости не прибавляет. Кажется, с каждым днём становится всё тяжелее, но я держусь, потому что выбора у меня всё равно нет.

Одеждой меня обеспечил приют, поэтому штанов нет — только платья. Это, с одной стороны, удобно, а с другой... нападение же возможно. Хотя кому надо на меня нападать в школе? Я помню, что рассказывала Ленка, но там у неё есть папа, в отличие от меня, я же совершенно беззащитная, мне даже не верят. А боль такая, что просто хочется плакать без остановки. Я и плачу в душе, стараясь вдохнуть ещё немного воздуха, потому что концентратор сюда нельзя — он очень боится влаги.

Я надеваю тёмно-синее платье в надежде на то, что на меня никто не нападёт. Плачу от боли в процессе одевания, хоть и лучше от этого не становится, но просто очень трудно её выдержать, а после иду в свой ежедневный ад — столовую. Стараясь отвлечься от боли, я проговариваю про себя покаянную молитву и ещё — к ангелу-хранителю, хотя и понимаю, что на ангелов для меня нынче дефицит.

Завтрак... Как будто кто-то решил поиздеваться надо мной — сосиски жареные, яйца жареные... Поэтому я беру только хлеб, совсем чуточку масла и чай. Но хлеба нужно взять и с собой, чтобы поесть в школе, потому что, если через три часа не поесть — будет плохо, это я уже выучила. Если бы не Ленка, я бы поверила в то, что всё это я сама придумала и, может быть, даже добровольно сдалась бы психиатру, но я помню такие же симптомы. Не в точности, а похожие, поэтому знаю, что меня почти не обследовали. Кровь взяли, потом повертели суставы, сделав больно... И всё. Именно этот факт, сравнение с тем, что делали с Ленкой, и заставляет меня не верить в то, что я симулянтка.

После завтрака мне предстоит длинная дорога. Тяжёлая, почти невозможная дорога к школе, которую отныне придётся проходить ежедневно дважды. Смогу ли я, осилю ли? Должна осилить, нет у меня выхода.

Подхватив концентратор на одно плечо, рюкзак — на другое, я иду. Не очень быстро иду, стараясь останавливаться, присаживаясь на скамейки, потому что каждый шаг отдаётся во мне сильной болью. Каждый из тысячи шагов... Я считаю их, считаю, молюсь про себя и иду на свою Голгофу... Почему-то школа воспринимается отнюдь не местом, где помогут. Наверное, это остатки памяти ангела Катрин, но я смогу... Я же сильная!

Вот и полпути уже позади. Вчера ещё мне показывали, где находится средняя школа, и теперь я иду к зданию, безотчётно внушающему мне ужас. Я иду в надежде на то, что ко мне отнесутся по-человечески, хотя и почти не верю в это. Люди, меня окружающие — будто квинтэссенция зла и равнодушия, по крайней мере, так они воспринимаются, отчего смотреть в будущее с оптимизмом очень трудно.

Вот и двери школы... Их нужно открывать на себя, что я, всхлипнув, делаю — они тугие, а мне больно. Больно! Больно! Но никому до этого дела нет, я вижу. Я захожу в холл школы, повернув к лестнице. Ещё одно испытание, ещё несколько шагов — и я увижу свой новый класс. Каким он будет? Появится ли у меня подруга? Поверит ли мне хоть кто-нибудь? Ну должны же здесь быть люди!

— Ваша симуляция вам здесь не поможет! — заявляет мне учительница, когда я едва не падаю у доски. — Отвечайте!

— Но я не... мне трудно... — от обиды слова не выговариваются.

Людей в школе нет, есть только демоны. Те, кто постарше — не верящие мне учителя, те, кто помладше — желающие поиздеваться ученики. Меня называют «симулянткой» все вокруг — с издёвкой, со злостью, с желанием унизить. Даже в туалет надо ходить осторожно и держать дверцу кабинки рукой, иначе могут ворваться. А ещё они откуда-то знают, что со мной чуть не сделали, поэтому стоит зазеваться — и могут прижать. В углу зажать, полезть рукой под юбку, прямо... туда. От этого я плачу, но школьники меня ещё и бьют. Неожиданно и очень больно. За что?!

Иногда мне кажется, что я просто схожу с ума, но один случай заставляет меня внимательнее смотреть и за концентратором. На уроке мне вдруг становится тяжелее дышать. Я задыхаюсь, а потом перед глазами всё темнеет. Я теряю сознание оттого, что не могу вдохнуть.

Чуть позже, когда я прихожу в себя, оказывается, что на канюли кто-то повесил прищепку, маленькую, чёрную. Она перекрыла ток воздуха, отчего я и сомлела. Но учительница не хочет разбираться, не желает думать, что меня хотели убить, ведь я же для неё — «симулянтка»! Господи, за что?..

— Вы это сделали сами, чтобы пропустить урок! — зло выговаривает она мне. — Вы об этом ещё пожалеете!

— Я сама решила умереть? — удивлюсь я, не понимая, почему она так думает.

— Вы не умрёте, это все выдумки! Я вообще не понимаю, зачем вам этот аппарат! — она почти кричит на меня, а я... я плачу от этой несправедливости и подлости.

Тем не менее, из школы меня забирает фрау Вернер. Я уже «предвкушаю» выволочку ещё и от неё, даже, возможно, тумаки, потому что мне никто не поверит, а она всегда может сказать, что я подралась. Но женщина, хоть и смотрит устало, но тем не менее очень внимательно разглядывает меня, подмечая что-то, видное только ей.

— Что случилось, Катрин? — мягко спрашивает она меня.

От этого мягкого тона по сравнению с произошедшим только что, я начинаю плакать. Сквозь слёзы рассказываю фрау Вернер о прищепке и о том, что во всём обвинили меня. Женщина хмурится, она ведёт меня в какой-то кабинет, на двери которого написано «Ректор» и молча подводит к какому-то незнакомому мужчине.

— Сядь, Катрин, — командует мне фрау Вернер. — Герр ректор, — обращается она к незнакомцу. — Сегодня на эту девочку было совершено покушение на убийство, при этом во всём обвинили её саму, чего быть не может, согласно заключению психиатра. Выбирайте — вы разбираетесь сами, или я вызываю полицию!

Она говорит очень жёстко, я вижу, что мужчина такой постановкой вопроса напуган, а я... Я не понимаю происходящего. Получается, не верящая в мою боль фрау Вернер за меня заступается? Почему такая избирательная вера у этих взрослых, в чём разница?

Мужчина оказывается директором школы, они в Германии называются «ректор», он вызывает учительницу, затем разбирается в происходящем просто молниеносно. А затем учительницу как-то очень демонстративно увольняют, и это удивляет меня. Во-первых, учителей в Германии не хватает, и я знаю это, во-вторых, она же отомстит. Я не знаю, как, но обязательно...

И вот тут до меня доходит — того, кто это сделал, даже не искали. Это значит, что он может повторить... Да что там может — он повторит, ведь ему показали, что за это ничего не будет! Значит, мне нужно внимательно смотреть за канюлями тоже.

Меня ненавидят учителя, которым приходится теперь больше работать, надо мной издеваются школьники, будто получившие какую-то команду, особенно старшие девочки. Они бьют меня в туалете — просто берут за волосы и бьют головой об стену, при этом другие пытаются стянуть с меня бельё, не знаю, зачем им это нужно. Мне и так очень больно, а ещё и эти издевательства...

Попытка пожаловаться приводит только к назиданиям всему классу о том, что нехорошо издеваться над коллегой, а моя жизнь с каждым днём становится всё горше. Я понимаю: ещё немного — и я или возьму в руку палку, или просто сойду с ума. Но мне даже совета спросить не у кого. Я совсем одна в этом злом мире, хорошо хоть согревающий меня изнутри огонёк никуда не пропадает.

Евангелие фрау Вернер мне приносит, оно иначе выглядит, совсем не так читается, но это всё та же книга, я узнаю её, как родного человека, которого давно не видела. Поэтому теперь я читаю её вслух вечерами, и мне становится легче. На душе становится легче, появляются силы снова идти в эту нехорошую школу. Даже в мыслях я не проклинаю её, хотя очень хочется, но это грех — проклинать, а я же ангел, хоть и бывший, мне нельзя.

Кажется, выхода нет, я просто однажды сойду с ума от непрекращающейся боли, но Господь показывает мне, что жизнь может повернуться очень по-разному.

В этот день я иду в школу, чувствуя себя очень усталой, нарастает слабость, я даже покачиваюсь, но упорно иду, потому что опоздать не хочется. Что будет за опоздание, я не знаю и проверять не хочу от слова «совсем». Но слабость нарастает, поэтому я пытаюсь сесть на скамейку. В какой-то момент меня ведёт в сторону, левая нога подворачивается, и я почти падаю на асфальт, сразу же заплакав от боли.

— Что с тобой, девочка? — ко мне подбегает какая-то женщина. — Тебе нужна помощь?

— Больно... больно... больно... — повторяю я, не видя и не понимая ничего от этой страшной боли, из-за которой кажется, что ног у меня и вовсе нет.

— Потерпи немного, я вызову врача, — сообщает мне эта тётя, при этом меня не трогая.

А я просто ничего не соображаю, мне так больно в подвернувшейся ноге, в коленях и выше, ведь я упала же. Я с трудом дышу, концентратор пищит, тоже, наверное, привлекая внимание. Наверное, я сейчас умру... Так жаль, что я так и не нашла мамочку и папочку, просто до слёз жаль... Стоит мне додумать эту мысль, как я чувствую, что меня как-то бережно поднимают чьи-то руки, укладывая на каталку. Снова под потолком визжит сирена, а я хочу вдохнуть ещё хоть немного воздуха.

Мне помогают специальным устройством, нагнетающим воздух и помогающим дышать. Я понимаю, что это спасатели, они везут меня в больницу, где мне совершенно точно никто не поверит. Я боюсь больницы, боюсь ехать, но меня никто не спрашивает. Мне становится всё страшнее, просто невозможно описать, как. Дышится всё труднее, потому что я представляю себе, как меня запрут в психиатрическую клинику и будут бить каждый день,

потому что ничего страшнее представить себе не могу...
Мне страшно! Страшно! Господи, спаси...

# ГЛАВА ДЕВЯТНАДЦАТАЯ

А девочке привычно в коляске, — с этой фразы незнакомого врача моя жизнь становится легче.

— Может быть, она это изображает? В документах написано о симуляции, — убивает мою надежду его коллега.

— Это невозможно изобразить, — не соглашается первый доктор. — Видите, как держит ноги, и как руки? Это рефлекторное движение, причём она привычна к джойстику... Ну-ка... Катрин? — обращается он ко мне. — Ты раньше уже жила в коляске?

— Да, — киваю я, расслабив тело, — в электрической, потому что руки.

— Руки... — глубокомысленно замечает врач. — Давай-ка посмотрим.

Меня оставляют сидеть в коляске, на руки надевают ортезы, отчего я плачу. Я просто не могу сдержаться, потому что, получается, мне поверили. Мне! Поверили! А доктора видят мои слёзы и только вздыхают. Они не понимают, что именно со мной происходит, но тот, самый первый врач откуда-то достаёт книгу, которую показывает коллегам и... Они мне верят! Я ощущаю просто невыразимое счастье оттого, что мне поверили, но... В каждой радости есть хоть немного горечи.

— Коляска у тебя электрической не будет, они дороги, и касса не оплатит, — сообщает мне лечащий врач. — Тебе придётся вертеть колёса самой.

Это значит — будет больно. Не так, как если ходить, но больно будет всё равно, никуда, получается, от боли не деться. Но при этом мне сообщают, что из школы меня переведут, а ещё — будут платить фрау Вернер за уход за мной. Лучше бы кому другому, потому что она же не верит в то, что мне больно. Да и как я буду в коляске забираться на третий этаж?

— У девочки могли отобрать коляску бывшие опекуны, учитывая, за что они осуждены, — сообщает докторша. — При этом наши коллеги не потрудились разобраться, поэтому реабилитация не проводилась.

Здесь доктора какие-то более человечные, и у меня появляется надежда. Надежда на то, что хотя бы не будут издеваться. Впрочем, я понимаю, что вряд ли... Несмотря на то что врачи в этой больнице уже не считают меня симулянткой, переубедить ту же фрау Вернер вряд ли получится, а как будет в новой школе, я и не знаю. Со мной пытается поговорить психиатр, но как только он представляется, я пугаюсь так, что становится темно перед глазами, поэтому у него ничего не получается.

Теперь у меня есть диета, таблетки и... и всё. Остальное — это рекомендации, которые можно не выполнять, и я просто знаю, что фрау Вернер выполнять их не будет. Интересно, как теперь меня будут обзывать? Ведь в старую мою школу была направлена полиция, чтобы разобраться в странном, как доктор сказал, поведении учителей. Что это значит для меня, я не понимаю, но надежда в душе растёт, согревая. При этом ещё доктора недоумевают, почему в прошлый раз меня так быстро выписали, но объясняют это базовой страховкой, при которой нет смысла со мной возиться.

— У девочки — редкая болезнь, — объясняет врач приехавшей за мной фрау Вернер. — Но страховка такая, что заниматься ею нерентабельно.

Фрау Вернер совсем не рада, ей не нравится тот факт, что я в коляске, да к тому же от того, что сказал доктор, веет могильной жутью, хотя я и не понимаю, что такое «нерентабельно», но явно что-то плохое. Поэтому я смиряюсь со своей судьбой. Женщина ведёт меня к машине, я кручу колёса, отчего пальцы простреливает болью даже в ортезах, но я понимаю, что выхода у меня нет.

— Франц! — зовёт водителя фрау Вернер. — Помоги калеку погрузить!

От её прежней мягкости не остаётся и следа, женщина смотрит на меня с лёгкой такой брезгливостью, как будто я — какашка в унитазе или ещё хуже, при этом она прикасаться ко мне не спешит, и я понимаю, что жизнь готовит мне новые испытания. Даже тот факт, что мне поверили врачи, не значит, что поверят все остальные.

— Я не верю в то, что тебе так плохо, — сообщает мне фрау Вернер. — Ты отлично ходила, значит, просто обманула врачей, чтобы тебя усадили в инвалидную коляску. Но ты об этом пожалеешь, — обещает она мне.

В то, что я пожалею о том, что в жизни случилось хоть что-то хорошее, я верю, ведь люди вокруг меня — сущие демоны. Но теперь хотя бы не так больно. Впрочем, я уверена, что фрау Вернер найдёт возможность сделать мою жизнь грустной, раз ей так сильно этого хочется, а ей хочется, я вижу это.

Сюрпризы начинаются сразу — пандусы. Они ведут наверх, чтобы я могла въехать, но расположены они под таким углом, что мне приходится напрягать все силы, чтобы преодолеть пролёт. А их целых четыре, и теперь мне надо будет делать это как минимум два раза в день. Боль становится всеобъемлющей, колеса проскальзывают, мне очень тяжело дышится и хочется только, чтобы всё закончилось. Но так думать нельзя, нужно бороться.

— Фрау Вернер, мне тяжело взбираться на пандус, коляска едва идёт, — жалуюсь я женщине, хоть и понимаю, что всё бессмысленно.

— По закону тебе положен пандус, — отвечает она мне, показав на лестницу. — Он у тебя есть, так что не выдумывай, со мной у тебя не пройдёт тот фокус, что ты устроила в больнице!

Я знала, что рано обрадовалась, ещё как знала, но вот прямо такого, как оказалось, не ожидала. А ещё я не ожидала того, что другие дети будут просто смотреть на то, как я мучаюсь. А они просто собираются и с большим интересом, улыбаясь и делясь впечатлениями, смотрят на мой ежедневный ад. Как демоны.

Я не понимаю, почему никто не пытается мне помочь. Это какая-то незнакомая мне Германия, неизвестная, у Ленки же было всё по-другому, почему со мной тогда так? Я будто проклята, или всё дело в том, что у меня никого нет? Даже совета спросить не у кого, даже выплакаться некому, кроме как подушке. Но я верю, что однажды меня обнимут тёплые руки мамы, я верю, и только эта вера да молитва помогают мне не опустить руки, не прекратить бороться, не упасть в отчаянии.

Мне дают несколько дней освоиться с коляской. Но в туалете мне очень тяжело — там нет возможности нормально пересесть, и приходится напрягать ноги, отчего боль просто запредельная, да и в душе тоже. Кажется, мне стало легче, но одновременно и тяжелее, ведь скатываясь каждый день по пандусу, я очень боюсь перевернуться, а наступать на ноги становится с каждым днём всё больнее. Но почему так происходит? Ведь у Ленки всё было иначе! Я не знаю объяснения этому, не нахожу слов и только надеюсь. Всё, что остается мне, — надежда, память и вера в моей душе...

— Эй, калека! — слышу я, лишь въехав в школу.

«Здравствуй, школа», — грустно думаю я. Мои надежды на нормальное отношение мгновенно разбиваются в пыль. Я не понимаю, что происходит, вспоминая папины слова о том, что в Германии иначе относятся к таким, как Ленка, почему же ко мне отношение такое? Почему этим детям никто не скажет, что так вести себя неправильно? А нет, учительница подходит к тому, кто выкрикнул это, и что-то выговаривает ему. Тот злобно зыркает в мою сторону, значит, будет мстить.

Это так называемая «инклюзивная» школа, что означает, такие, как я, учатся вместе с «обычными» детьми. В классе я встречаю равнодушные взгляды детей, ещё одну девочку в инвалидной коляске и добрую, но фальшивую улыбку учительницы. Нехорошее предчувствие заползает в моё сердце, заставляя внутренний огонёк затрепетать, но привычные слова помогают ему снова разгореться.

Меня бы уже не было на свете, если бы не вера в родителей и молитва. Если бы не Слово Божье, то неизвестно, смогла бы я пережить всё испытанное до сих пор или нет. Но теперь у меня есть коляска и бесплатный проезд в некоторых видах транспорта — я узнала, значит, в один прекрасный день я смогу убежать. Надо только всё хорошо распланировать — и лучше до того момента, когда у меня иссякнут силы.

— Я всё о тебе знаю, — сообщает мне другая «особенная» девочка на перемене. — Ты симулянтка и отлично можешь ходить!

Так начинается травля в новом классе. Я подозреваю, что здесь есть след учителей, которым что-то наговорила про меня фрау Вернер, но ничего сделать не могу. Любые жалобы бессмысленны, а к боли физической добавляется и душевная. Я цепляюсь за меркнущую память, за огонёк в моей душе, за молитву, понимая, что долго так просто не выдержу. Испытание кажется мне совсем не по силам.

Каждый день, отправляясь в школу на специальном автобусе, я со страхом вхожу в свой класс, ведь другие дети поверили той девочке, поэтому меня ждут унижения, попытки перевернуть коляску или разогнать её так, что не справляются тормоза, и я влетаю в стену, иногда даже теряя сознание от боли. Происходит это, когда никто не видит, поэтому и жаловаться бесполезно.

Всё чаще я ловлю себя на мысли, что мне страшно, просто жутко идти в школу. Идти в свой личный ад. Поэтому я решаю, что убегу во время экскурсии. Скоро нас должны везти в какой-то красивый город на экскурсию, и вот там я постараюсь убежать и спрятаться. Там меня никто не знает, может быть, хоть кто-нибудь поможет!

Я много плачу, просто не в состоянии сдержать слёзы, потому что это невозможно выдержать, и молю, молю Его сжалиться надо мною, потому что нет уже моих сил почти. Но избавление всё не приходит, а силы у меня заканчиваются. Даже демоны не мучили так последовательно и жестоко, как мне сейчас кажется. А ещё я чувствую, что разочаровываюсь в людях — во всех.

Но тут вдруг в школе появляется полиция. Я осторожно выкатываюсь из-за угла, где прячусь от других школьников, но, видимо, недостаточно осторожно — какой-то мальчишка с криком резко толкает сорвавшуюся с тормозов коляску, и я просто зажмуриваюсь от страха. В следующий момент чьи-то руки мягко останавливают её.

— Ну-ка ты, а ну иди сюда! — звучит строгий мужской голос. — Правильно нам позвонили, получается.

Я открываю глаза и вижу двоих мужчин. Один из них придерживает коляску, с тревогой глядя на меня, а второй быстро уходит вглубь школы. Они одеты в одинаковую форму, а на спине того, кто уходит, я вижу надпись «Полиция». Мне по-прежнему страшно и хочется спрятаться.

— Не бойся, — уверенно говорит остановивший коляску полицейский. — Всё плохое уже закончилось.

— Они отомстят... — шепчу я, заставив полицейского нахмуриться.

Что это означает, я вскоре понимаю — в школе появляются какие-то «чиновники», родители, и ещё больше полицейских. Меня расспрашивает какая-то тётя, задавая осторожные вопросы, а я честно ей отвечаю. Мне незачем обманывать, да и не умею я. Только если очень-очень нужно, смогу, наверное, но просто не хочу, это мне противно.

— Не врёт, — констатирует расспрашивавшая меня тётенька. — Что-то неладно и с приютом, и с учителями здесь. Ребёнка просто затравили.

— Мы возьмём это дело под контроль, — обещает ей какой-то очень представительный мужчина.

После этого что-то меняется. Куда-то исчезает фрау Вернер, а появившаяся вместо неё фрау Кох старается показать на людях заботу, а вот наедине... Впрочем, может быть, мне показалось, что у этой женщины злой взгляд, ведь не может же быть постоянно плохо?

Вот в классе меня перестают травить совсем, и куда-то пропадает та девочка в коляске, которая всё это начала.

Я ловлю на себе злые взгляды, но пока ничего не происходит, поэтому я успокаиваюсь. Не полностью, но чуть-чуть расслабляюсь. В классе появляется дородная тётенька, относящаяся ко мне по-человечески. Она, как оказывается — моё специальное сопровождение. Оно мне было положено изначально, но фрау Вернер почему-то не захотела оформлять бумаги. Наверное, присутствие этой тёти, от которой я стараюсь держаться поблизости, и сдерживает тех, кто смотрит на меня со злостью. Интересно, что им такое сказали?

Только в приюте фрау Кох посматривает на меня временами предвкушающе как-то, отчего мне становится страшно, но с ней наедине я не остаюсь, а комнату теперь уже запираю. Поэтому пока вроде бы безопасно. Пандусы тем не менее не заменили, поэтому мне всё тяжелее по ним взбираться, но я не ропщу. В самом факте того, что произошло, я вижу помощь свыше. Ведь кто-то надоумил обычную немку выглянуть в окно, когда мою коляску пытались вытолкать на проезжую часть, кто-то помог ей принять решение — вызвать полицию... Значит, Он помог мне, не дав сломаться окончательно, и теперь всё будет хорошо хотя бы в школе.

Меня очень пугает фрау Кох, особенно длинная линейка в её руке. Оказывается, пугает она не только меня — другие дети смотрят на фрау с ужасом, а она только улыбается. Особенно девочки, раньше с такими же улыбками наблюдавшие, как я мучаюсь, теперь прижимаются к стенам, лишь увидев фрау Кох. Наверное, она их тоже пугает, но зачем ей такая линейка?

Впрочем, я стараюсь не давать ей повода вызвать меня к себе, потому что пугаюсь даже мысли об этом. Есть во фрау Кох что-то очень страшное, есть. Зато теперь я не выгляжу мартышкой в зоопарке, и никто не наблюдает за тем, как я взбираюсь наверх. Кроме фрау Кох. Она так улыбается, как будто...

# ГЛАВА ДВАДЦАТАЯ

Сегодня исполнится моя мечта, я сбегу к папе, маме и Ленке. Вчера ко мне пришла фрау Кох, и я узнала, зачем ей эта линейка, потеряв сознание почти сразу. Но вот сегодня мои ноги почти совсем не шевелятся, и мне приходится перекладывать их руками. Я просто убедилась в том, что она хотела сделать мне плохо, поэтому сюрпризов для меня нет. Только вот ноги... Не знаю, что с ними.

Боль сегодня настолько сильная, что не помогают и таблетки, поэтому я и решаюсь. Сегодня нас везут на экскурсию, поэтому моё удостоверение инвалида мне выдали на руки, чтобы я могла его предъявить где нужно. Стоящее в нём число означает максимальную степень, но всем, мне кажется, всё равно.

Умывание и завтрак пролетают очень быстро, как по мановению руки, я почти не задумываюсь о том, что делаю, даже не вытирая слезы, потому что сосредоточена на своём плане. Мне сегодня надо убежать, я должна найти родителей и сестрёнку, потому что без них просто не выдержу. Господи, помоги! Ведь это испытание, а не казнь!

Иногда я отчаиваюсь уже, вот как сейчас. Я совсем одна, и только огонёк внутри сохраняет меня, иначе я бы уже давно сломалась. Людям почему-то удаётся сделать то, что не смогли демоны — они почти отнимают у меня надежду. Злые, страшные люди. О да, теперь я понимаю, что мне хотел сказать Он, но у меня всё равно есть родители и сестрёнка. Я найду их!

В автобус меня пересаживает водитель, а сложенную коляску укладывает в багажник. Я сижу на самом переднем кресле, пристёгнутая за живот, потому что здесь в автобусах детей пристёгивают, хотя я и так никуда не денусь, а смерть... Мне не страшно умирать, только очень печально, что тогда я так и не найду тех, ради кого мне не жалко даже крыльев.

— Вы должны вести себя тихо и не мешать водителю, — строго говорит учительница, покосившись на меня. — Мы будем в пути четыре часа, туалет в конце салона.

Туалет... Я туда, если что, только ползком доберусь. Впрочем, не думаю, что он мне понадобится. В этот момент автобус трогается с места, а я смотрю прямо перед собой, потому что дышится мне не очень, несмотря на концентратор. Привычно проверив кислородные канюли, проблемы я не замечаю, что означает — мне не очень хорошо само по себе, но жаловаться я, разумеется, не буду.

Автобус едет, меня подташнивает, потому что укачало. Меня всегда укачивает, поэтому я просто сглатываю, стараясь сделать так, чтобы не вырвать, ведь тогда мне точно не поздоровится. Всё-таки я чувствую себя, как в той демонской «школе», как будто все люди вокруг решили показать мне свои худшие качества, и нет даже тени сострадания. Что с ними случилось? Почему они такие?

Кажется, Он решил показать мне только чёрные стороны людей, поэтому Испытание такое тяжкое, но «батюшка» же говорил, значит, этот крест мне по силам. Ведь Он не может ошибаться... Засомневаться я себе не позволяю, гася малодушие внутренней молитвой. Я прошу Его спасти и сохранить, укрепить меня в моём решении обрести свободу. Что-то отзывается во мне на эти слова, отчего мучающая меня с утра боль становится слабее.

Сосредоточившись на себе, я не замечаю, как проходит время. Оно будто пролетает совершенно незаметно для меня. Я совсем не обращаю внимания на экраны с мультфильмами, тем более что передо мной экрана-то и нет, и для того чтобы что-то увидеть, надо извернуться, что у меня точно не получится. Я не вижу красот, расстилающихся по обе стороны от дороги, по которой мы едем, меня мутит уже настолько сильно, что испарина выступает на лице.

Наконец, автобус останавливается. Школьники радостно выбегают на улицу, а меня пересаживают в кресло последней. При этом я вижу размышления на лице водителя — будто он хочет оставить меня внутри, но, слава Богу, передумывает, поэтому я оказываюсь на небольшой площади. Чуть поодаль замечаю своих соучеников, окруживших учительницу. Сейчас сбежать или после? На её глазах, наверное, не надо... И мои руки ложатся на дуги колёс, чтобы принести мне дополнительную боль.

— Сейчас мы с вами посетим музей, — говорит учительница, показывая на величественный дворец.

Я опускаю голову, стараясь не заплакать — к музею ведут ступени, при этом никакого пандуса нет. Несмотря на то, что этот факт играет мне на руку, обидно становится, просто не сказать как. Мой статус для этой женщины виден очень хорошо. Ну и ладно...

Я спокойно жду, пока все поднимутся наверх, а потом разворачиваю коляску, чтобы уехать, но вот убежать у меня не получается — внезапно я оказываюсь почти в окружении троих одноклассников — именно тех, что меня били чаще всего. От этой встречи я сильно пугаюсь, резко останавливаясь, а они ухмыляются. Затем один из них резко бьёт меня в живот кулаком, отчего я сгибаюсь, потеряв дыхание, а затем следует сильный удар сбоку, от которого коляска переворачивается, и я вылетаю из неё, отметив, что водитель не пристегнул меня как полагается.

— Ну что, тварь, — почти шипит один из напавших. — Пришло время платить!

— Из-за тебя наших родителей оштрафовали, — объясняет мне его товарищ. — Теперь у нас нет карманных денег, и ты за это заплатишь!

Третий же просто наклоняется и резким рывком задирает на мне затрещавшее платье, открывая бельё. От ужаса я только хриплю и тут же чувствую удар опять куда-то в живот, отчего задыхаюсь, не в силах вдохнуть. Паника захлёстывает меня, поэтому я не сразу соображаю, что юные «мстители» просто рвут на мне платье. Что они делают?! У меня же нет другого!

— Говорят, ты уже порченная, — ухмыляется тот, кто постарше из них троих. — Мы это сейчас проверим!

Я понимаю, что он кого-то копирует, но от ужаса уже ничего не соображаю, услышав только звук удара чего-то пластикового.

— Ой, — насмешливо говорит третий «мститель». — Сломалось!

Перед моими глазами лежит разбитый концентратор. Я начинаю задыхаться, уже не чувствуя на себе чужих рук. Я задыхаюсь, стараясь вдохнуть, что у меня получается с большим трудом, но тут новый удар бросает меня вперёд, сбивая дыхание. Я чувствую, что умираю...

— Что здесь происходит?! — слышу я чей-то голос. — Эй вы, а ну стоять!

Меня переворачивают, но я почти ничего не вижу, в глазах все плывёт. Впрочем, полицейскую форму я узнаю, значит, это полиция. Они снова спасли меня, жаль только, что поздно. Полицейский как-то помогает мне вздохнуть, потом кого-то вызывает, а у меня перед глазами медленно темнеет, потому что я умираю. Я так и не нашла родителей и сестрёнку, люди убили меня...

Откуда-то доносится какой-то «чавкающий» звук, он становится всё ближе, при этом полицейский помогает мне вдохнуть, но этого всё равно мало, я чувствую, что обнявший меня холод становится всё сильнее. Я уже знаю, что так приходит смерть... Я не выдержала Испытание... И другого шанса у меня не будет, это мне ведомо абсолютно точно.

«Чавкающий» звук становится всё громче, пока резко не смолкает где-то совсем рядом, а затем прямо передо мной, подобно дяде Петру, возникает... папа.

— Папа... папочка... — шепчу я перед тем, как всё гаснет.

Я нашла тебя, папа.

— Катрин Шнитке, десять полных лет, сирота, — диктует незнакомый голос. — Коллагеноз, иммобилизация, недавняя остановка сердца. Доставлена в состоянии клинической смерти, реанимирована, переведена...

Голос отдаляется, а прямо перед собой я вижу самого родного человека на свете. Папа. Он что-то делает со мной, и свет над его головой обтекает силуэт, как будто передо мной святой. Но он и есть святой, ведь это папа! Я к нему шла сквозь боль и смерть и дошла... Я нашла папу!

— Папа... Папочка... — дрожащей рукой я ловлю его костюм. — Не бросай меня, папочка...

Он замирает на мгновение, несмотря на то что я шепчу почти неслышно, а потом поворачивает голову ко мне, вглядывается в глаза и вдруг обнимает меня. Так ласково-ласково и очень бережно, как только и умеет мой папочка. Он держит меня в объятиях, а я всё шепчу, умоляя не пропадать, и при этом цепляюсь за него, игнорируя боль.

— Тише, маленькая, тише, — говорит он мне, и только тут я понимаю, что говорим мы по-русски. — Никогда я тебя не брошу.

Я незнакома ему, он впервые в жизни видит Катрин Шнитке, но как-то мгновенно приняв решение, гладит и успокаивает меня. Таким знакомым жестом его добрые руки утирают слёзы, льющиеся из моих глаз, что я просто не контролирую уже себя, ведь это папа!

— Марта! — зовет он кого-то. — Позвоните моей жене, пусть берёт дочь и срочно приезжает!

— Да, доктор, — отзывается удивлённый женский голос. — Ещё что-нибудь?

— Запросите Югендамт* об установлении опеки, — просит папа, на что ответа не следует. Наверное, неизвестная женщина просто кивнула.

— Ты... Ты меня не бросишь? — я вглядываюсь в его глаза, стоит ему только уложить меня обратно на подушку.

— Никогда, — обещает он мне так твёрдо, что я верю.

Я верю каждому его слову, ведь это же папочка, он не будет обманывать. А пока он мне рассказывает, какая я хорошая девочка, и гладит. Я тянусь за его рукой, тянусь, как умирающий от жажды за каплей воды в пустыне. Я хватаю эту ласковую руку, целую её, прижимаюсь к ней.

В канюлях шипит кислород, а папочка сидит рядом с моей кроватью, обнимая меня. Я понимаю: всё плохое закончилось, ведь рядом — он, а сейчас приедет ещё и мамочка... Но первой в палату с жужжанием моторов вихрем влетает сестрёнка. Сильно удивив папу — я же вижу — она будто молния подлетает к кровати и застывает, вглядываясь в моё лицо.

— Катрин, сестрёнка! — Ленка буквально падает на

---

\* Ведомство по делам несовершеннолетних.

меня, немедленно начав плакать. — Наконец-то ты вернулась!

— Не плачь, Ленка, — стараюсь я успокоить её, хотя и у меня слёзы потоком бегут из глаз. — Тебе опасно плакать.

— Катрин... — Ленка буквально заползает в кровать, чтобы прижаться ко мне, а я обнимаю свою младшую сестрёнку, обнимаю и плачу, потому что мы — вместе.

— Что здесь происходит? — слышу я мамин голос, отчего даже на мгновение приподнимаюсь, чтобы в следующее мгновение обессиленно упасть обратно.

— Познакомься, любимая, — отвечает ей папа. — Катрин, наша с тобой дочка.

— Почему Алёнка у неё в кровати? — интересуется мама, явно подходя поближе.

— Мама! Это Катрин! Катрин! Помнишь, я рассказывала?! — выкрикивает Ленка, оглушая меня.

— Они знают друг друга, — комментирует папа.

И в тот же миг меня обнимают такие родные руки, что я даже забываю, как дышать, о чём сразу же напоминает гудение монитора. То, о чём я мечтала в холодной демонской школе и жутком человеческом приюте, становится явью — меня обнимают такие бесконечно родные руки мамы. Она так знакомо оглаживает мои волосы, что я просто теряюсь в её тепле.

— Добро пожаловать домой, доченька, — тихо произносит мамочка. — Муж, как она?

— Не очень хорошо, — вздыхает папа. — Гробили дочку целенаправленно, с этим ещё предстоит разбираться полиции, но пока можем забрать её домой, потому что Алёнка явно с ней не расстанется.

— Не расстанусь! — будто клянётся сестрёнка. — Ни за что!

— Что же, — доносится до меня незнакомый голос от двери. — Я увидела всё, что мне было надо. Герр доктор, я оставлю документ об опеке у медсестры.

— Благодарю вас, — отвечает папочка. — Надо выяснить, что случилось в её городе, ребёнка же чуть не убили!

— Выясним, — в голосе незнакомки мне слышится мрачное обещание.

Я всё не могу поверить, мне кажется, что это галлюцинация, которые перед смертью бывают, я даже спрашиваю Ленку, но мамочка отвечает, что они — не галлюцинация, а у меня всё плохое точно-точно закончилось. Я плачу, хоть это и не очень хорошо, но я плачу и ничего не могу с собой поделать, потому что это же чудо! Просто Он явил мне чудо, послав папочку на вертолёте, чтобы тот меня спас.

— Папочка, — тихо спрашиваю я, — а «батюшка» тут есть? А то меня в церковь не пустили...

— Как не пустили? — удивляется мой папа.

Я рассказываю историю о «конфессии», что сильно удивляет папу. Он говорит, что такое поведение необычно, и обещает разобраться, потому что это — не по закону. Мне уже всё равно, потому что рядом папочка. Но тут он замечает, как я морщусь, после чего осматривает ещё раз.

— Кто это сделал? — в папином голосе буря. — Кто посмел?

— Фрау Кох, — отвечаю я, недоумевая, почему он становится сразу таким суровым. — Из приюта.

Папа в ответ вызывает полицию, и сразу же выясняются странные вещи. Во-первых, в том городе, где я жила, нет никакого приюта, поэтому полицейский внимательно записывает расположение места, где я жила. Во-вторых, папа даёт официальное заключение по поводу моего избиения, что в Германии, оказывается, совсем-совсем нельзя делать. А, в-третьих, меня увозят домой, потому что я очень сильно боюсь того, что родители и сестрёнка мне просто кажутся.

— Катрин живёт со мной! — безапелляционно заявляет Ленка, не желая оставить меня и на минутку.

— Хорошо, Аленушка, — улыбается мама. — Любимый?

— Возражений не имею, — откликается папа. — Сейчас транспорт подадут.

Меня несёт папа. Его руки, его дыхание, его слова... Как мне не хватало этого совсем недавно! Как я, оказывается, соскучилась по своим родным, ведь они — те самые, ради кого я отказалась от крыльев, перестав быть ангелом. Я пережила тяжёлое время, но вот теперь... Теперь папа несёт меня к машине.

А все те, кто мучил меня, обзывал и чуть не убил, — они будут наказаны, потому что так папа сказал. Он очень рассердился, поэтому сейчас будет скандал, и никому мало не покажется. Так папа говорит, значит, так оно и будет. Всё, что говорит папа, правильно, потому что это мой любимый папочка. А ещё меня гладит мамочка и обнимает, когда может, Ленка.

Я обрела семью, найдя тех, ради кого не жалко никаких крыльев.

## ГЛАВА ДВАДЦАТЬ ПЕРВАЯ

Я открываю глаза, всё ещё не в силах поверить в своё счастье. Рядом со мной сопит Ленка, вчера день был сложным, поэтому папочка и мамочка уложили нас рядом в её специальной кровати, рассчитанной на взрослого, из-за чего мы отлично поместились там вместе и уснули в обнимку. Ленка вцепилась в меня намертво, поэтому расцепить нас даже и не пытались. Папа сказал, что мы обо всём потом поговорим, потому что пока оформлялись бумаги, приезжала полиция и кто-то ещё, мы с Ленкой лежали обнявшись. Просто молча лежали.

Я открываю глаза, глядя в потолок, ощущая рядом родного человека. Мне даже не верится в то, что всё плохое закончилось. Родителям опеку на меня оформили моментально, а удочерять они меня тоже будут, но это больше времени займёт, потому что удочерением занимается суд. Сейчас мне, впрочем, это не важно, главным для меня является факт того, что мамочка и папочка нашлись. А ещё сестрёнка, сразу же меня узнавшая — не глазами, нет. Она меня душой узнала, ведь мы связаны навеки...

Ресницы сестрёнки затрепетали, чтобы распахнуться, открывая её ещё сонные глазки. Я просто любуюсь ею, ощущая такое родство и близость, что просто невозможно описать, а в следующее мгновение она обнимает меня. Счастливая улыбка делает её лицо очень милым, будто подсвечивая его изнутри.

— Не приснилось, — счастливо заключает Ленка, улыбаясь так ярко, что я улыбаюсь в ответ. — Ты настоящая...

— Я настоящая... — соглашаюсь я, с трудом веря в то, что всё ужасное закончилось. — И ты настоящая... И мы есть...

— Проснулись, мои хорошие? — дверь открывается совсем неслышно, но этот ласковый голос, полный нежности, не перепутать ни с кем.

Мамочка входит в комнату, чтобы обнять нас обеих, а я просто растворяюсь в её тепле без остатка. Мой прошлый опыт в мире людей кажется сейчас страшным сном, и ни за что на свете я не соглашусь потерять обретённую семью, поэтому буду самой послушной в мире дочкой. Лишь бы не вернулось то, страшное... Мне почему-то кажется, что стоит только сделать что-нибудь не так, и всё, окружающее меня, окажется только сном.

— Мамочка, Катрин боится, — сразу же сообщает Ленка, с удивлением посмотрев на меня. — А почему?

— У неё была очень страшная жизнь, доченька, — вздыхает мамочка, гладя нас обеих попеременно. — И теперь...

— А! — понимает сестрёнка, поворачивая лицо ко мне. — Не бойся, мама и папа — это навсегда, они от тебя никогда-никогда не откажутся, сестрёночка...

— Я верю, — отвечаю ей, — просто страшно...

— Это пройдёт, малышка, — произносит мамочка, прижав мою голову к себе. От её халата пахнет мылом, выпечкой и молоком. — Будете валяться или встаём? Катрин, у тебя сегодня будут гости, но бояться не нужно, договорились?

— Я постараюсь... — тихо отвечаю я, проговаривая про себя слова молитвы. Она, как всегда, помогает, поэтому страх отступает.

Я уже готовлюсь к боли, но мама очень аккуратно берёт меня на руки, бережно усаживая в мою коляску, затем она проверяет, как сидят ортезы, и поворачивается к Ленке. Я кладу руки на дуги, но мамочка как-то замечает это, сразу же неодобрительно покачав головой, отчего я отдёргиваю ладони, укладывая руки на колени. Наверное, мамочка не хочет, чтобы я куда-то ехала. Тем временем она усаживает сестрёнку и снова разворачивается ко мне.

— Тебе больно вертеть колёса самой, — произносит

наша волшебная мамочка. — Значит — не надо этого делать. Нельзя делать себе больно, и терпеть боль тоже нельзя.

— Я больше не буду... — у меня это получается жалобно, потому что я пугаюсь того, что сделала что-то не так, но мама только вздыхает, присаживается рядом на корточки и обнимает нас с Ленкой.

От этого её жеста на душе становится очень тепло. Страх уходит, я снова чувствую себя уверенней, поэтому меня везут умываться, чистить зубы, а потом и кушать. Зубная щётка у меня правильная, с толстой ручкой, от которой совсем не больно, и ложки с вилками тоже, отчего я улыбаюсь. Мне немного страшно ещё, но сестрёнка внимательно следит за тем, чтобы я не пугалась, а мамочка хвалит нас обеих. Просто хвалит, и всё. Но от её слов появляется уверенность в себе...

— Сегодня с тобой хотят поговорить, — сообщает мне мама после завтрака. — Я буду рядом, поэтому бояться не надо. Твой случай очень необычен для Германии, именно поэтому он вызывает множество вопросов.

— Меня не отнимут? — жалобно спрашиваю я.

— Никто тебя не отнимет, — вздыхает она, не забыв меня погладить. — Раз уж ты так долго снилась Ленке, значит, не всё так просто.

— Если бы не Катя... — всхлипывает сестрёнка, а я прислушиваюсь к звучанию имени, ну, как она меня назвала. Мне нравится, как звучит это имя, оно ласковое.

Мама успокаивает Ленку, я же думаю о том, что стала неуверенной, плаксивой и что так дело не пойдёт. Я дома, с мамочкой, папочкой и сестрёнкой, всё плохое закончилось, и больше не будет такого ужаса, потому что я не одна. Вот и незачем бояться, ведь я же верю родителям!

Мама рассказывает мне и Ленке о произошедшем. Когда меня нашла полиция, я была в разорванном платье и с почти снятым... бельём. Поэтому они посчитали, что речь идёт о том, что меня хотели... Задержав мальчиков, напавших на меня, полицейские выяснили, что те хотели сделать, поэтому их ждёт теперь тюрьма за попытку того самого и за покушение на убийство. И сидеть они будут долго, потому что я — не просто ребёнок, а беспомощная, у меня так в документах написано. А это совсем другая история.

Дальше... В Германии нельзя бить детей, особенно — особенных, как я, поэтому фрау Кох тоже уже в тюрьме, потому что она не только побила, но и ухудшила моё состояние, что доктора подтвердили. А всех учителей и учеников в обеих школах очень тщательно сейчас проверяют, ну и их родителей тоже, потому что с особенными детьми так не поступают. Но вот произошедшее со мной настолько сильно неправильно, что со мной хотят поговорить журналисты. Кто это такие, я не понимаю, но доверяю мамочке, поэтому просто киваю.

Я знала! Я чувствовала, что происходящее со мной — неправильно! Но вот то, что «приют» оформлен как опека фрау Кох — это был для меня сюрприз. Оказалось, что не только для меня, поэтому у контролирующих органов сейчас внезапно появилось очень много работы. А если я честно расскажу, как мне жилось... Но я всё равно честно расскажу, потому что не люблю обманывать.

— Я хотела помолиться и спросить совета, — рассказываю я очень внимательно слушающему меня дядечке. — Но меня не пустили, сказали, что я не могу туда идти, потому что конфессия.

— Дочка православная, как и все мы, — объясняет моя мама. — Но до сих пор я считала, что путь к Богу от церкви не зависит...

— Я тоже так считал, — кивает дядя-журналист. — Очень печально, что мы с вами ошиблись, но я думаю, этот вопрос нам прояснят. Надо же...

— Подскажите, Катрин, — к разговору подключается тётя, назвавшаяся Фридой. — В школе же вам помогали?

— Только та тётя, которая сопровождение, я хотя бы могла спокойно в туалет сходить, — отвечаю ей.

Мой ответ очень заинтересовывает журналистов, и они начинают меня расспрашивать. Их интересует и школа, и больница, и место, где я жила, они расспрашивают очень подробно, а потом тётя Фрида вдруг спрашивает Ленку:

— Ты сразу приняла Катрин сестрой, почему? — ей действительно интересно, я вижу.

— Но она же сестрёнка, — отвечает Ленка. — Это же сразу видно!

Её ответ озадачивает взрослых дядь и тёть, а потом тётя Фрида внимательно смотрит на то, как мы обнимаемся друг с дружкой, как за нами обеими приглядывает мама, не забывая погладить то одну, то другую. Тётя-журналистка задумчиво кивает. Мне кажется, она понимает, о чём говорит моя любимая сестрёнка. Очень-очень любимая.

Эти журналисты удивляются, но обещают, что не дадут ни о чём умолчать, а все виновные обязательно будут наказаны, но мне важно не это. После разговора с ними я чувствую облегчение, как будто снимаю груз с души. Я становлюсь спокойнее. Мне бы ещё с батюшкой поговорить. Я чувствую, что мне это просто необходимо, хотя и не понимаю, почему.

Журналисты уходят, а я сижу в задумчивости. Он же сказал тогда, что я стану проводником Его воли... Может ли так быть, что наказать неправедных людей и было его волей? Я не знаю ответа на этот вопрос, но зато понимаю, что Испытание закончено, и теперь всё-всё абсолютно точно будет хорошо. Я верю в это, а ещё куда-то пропадает страх. Мне кажется, я просто дома.

Может быть, это из-за тёти, что пришла вместе с журналистами. Она спросила меня, хочу ли я быть удочерённой, а я сказала, что хочу быть маме и папе дочкой. Кажется, она хотела заплакать, но не стала, а журналисты просто поудивлялись, и всё. После всех откровений для них многое уже очень удивительным не было. Так меня покинул страх, надеюсь, что навсегда.

После ухода журналистов мама предупреждает меня ещё об одном госте, а потом мы движемся на обед. Впереди Ленка, а я цепляюсь руками за её коляску, и она меня везёт. Получается весело и ничуть не больно, что заставляет маму улыбаться. А что может быть важней улыбки мамы?

— Ту-ту! Я — паровозик! — громко сообщает сестрёнка.

— А я — вагончик, — подхватываю я, чувствуя, как меня отпускает напряжение.

За столом Ленка рассказывает всё, что случилось с момента нашего расставания. У неё хорошая школа, добрые учителя, поэтому она совсем не боится, это только мне после всего страшно... Но тут мама говорит, что папа сделает так, чтобы мы ходили в один класс, несмотря на то что я старше. Я верю мамочке и начинаю улыбаться, потому что на душе становится спокойнее. То, что я в коляске, меня совершенно не тревожит, если не будут бить и переворачивать её, но мама обещает, что не будут, и я успокаиваюсь.

Я вообще постепенно успокаиваюсь. За обедом, беря ложку чуть дрогнувшей от страха перед болью рукой и убедившись в том, что боли нет, я чувствую себя уверенней. Мне ещё немного страшно от мысли, что всё это сон, но я уже беру себя в руки, стараясь забыть о том, что было со мной в мире людей. На самом деле забыть это сложно, но я стараюсь изо всех сил, напоминая себе, что мамочка и папочка никогда не позволят, чтобы Ленке или мне сделали плохо. Я им верю, хотя это может показаться странным — они меня любят. Просто так, с ходу, раз — и любят, хотя никогда раньше не видели. Правда, папа говорит: «Чужих детей не бывает», поэтому, наверное, они так?

Обед очень сытный, и мне его можно, поэтому я быстро наедаюсь, впервые за долгое время почувствовав себя сытой, но мамочка говорит, что меня будут кормить чаще, чем Ленку, потому что я очень худая. Наверное, оттого что могла есть только хлеб, я и похудела, ведь от много какой еды, которая была в «приюте», мне было плохо. Мамочка в ответ на мои слова только вздыхает и гладит меня по голове.

Я задрёмываю, но затем меня будят, чтобы ещё раз покормить. А потом приходит «батюшка». Он здесь совсем другой, но одновременно такой же, и от него веет верой, я чувствую это. Он едва заметно сияет, это значит, что искренен и не притворяется. Потому что те, которые были в церкви, куда меня не пустили, — они не верили, а только изображали, а я же вижу...

— Значит, это тебя в храм не пустили оттого, что ты православная? — интересуется батюшка. Теперь я знаю, что значит это слово — мама пояснила, почему его так называют. Батюшка — это вроде как папа, только для многих людей. — Давай поговорим...

Я знаю, он хочет меня исповедать, но у меня нет тайн ни от Ленки, ни от мамочки, что батюшку удивляет, поэтому он расспрашивает меня, удивляясь всё больше. А потом уже он отвечает на мои вопросы, ссылаясь на каких-то то ли святых, то ли ещё кого-то, я в них не разбираюсь, но мне становится легче. Он говорит, что молиться не обязательно в церкви, и я правильно делала, но мне не это важно, мне просто от разговора почему-то легче становится. Мамочка это видит, а Ленка просто улыбается.

На прощание батюшка мне дарит крестик на шнурке, наказав носить на груди под одеждой как символ. Я удивляюсь, но делаю, как он сказал, ведь ему же виднее. Батюшка благословляет меня и уходит, и вместе с ним уходит ожидание боли, неуверенность и боязнь чего-то непонятного. Он будто забирает с собой что-то, пугающее меня, отчего я начинаю радостнее улыбаться. Теперь уже точно всё хорошо.

После ухода батюшки меня снова клонит в сон, да так

сильно, что я просто не могу сопротивляться. Мамочка замечает это и укладывает меня в кровать. Ощущение у меня такое, как будто меня просто выключили — закончились силы. Наверное, я просто устала от обилия впечатлений, всё-таки ещё вчера я прощалась с жизнью, а сегодня меня любят. Поэтому я не сопротивляюсь этой сонливости, падая в сон, как в глубокий колодец, и...

Внезапно для себя оказываюсь в раю. Прямо в той же одежде и без крыльев, я сижу в знакомом мне плетёном кресле, а напротив обнаруживается с интересом разглядывающий меня Сын Божий. Я знаю, что ему ведомо всё, и просто жду его слов, потому что это точно непростой сон, но я, наверное, не умерла, а если и умерла, то поплакать можно будет потом. Хотя жалко, если умерла.

— Ну что, Катрин, ты справилась с моим Испытанием, — произносит мой собеседник. — Плохие люди наказаны, а ты обрела своё счастье. Но твоё счастье — это плата за крылья. Чем бы тебя наградить за исполнение воли моей...

— А можно вылечить Ленку? — тихо спрашиваю я. — Чтобы она радовалась и была совсем здоровой.

— Очень хорошая идея, — улыбается Сын Бога. — Что же, так и решим. Ну а пока я с тобой прощаюсь, поговорим лет через... хм... много. Не положено человеку знать свой срок, потому отправляйся домой.

Райский сад исчезает, я открываю глаза, глядя в потолок, украшенный декоративной лепниной. Предвкушение чуда для моей сестрёнки не даёт мне уснуть снова, поэтому я просто лежу и улыбаюсь. Я Ему верю, Ленка будет здоровой! Будет!

# ГЛАВА ДВАДЦАТЬ ВТОРАЯ

Это происходит во время ужина. Я после моего сна нахожусь всё ещё в предвкушении, когда же Ленка начнёт «быть здоровой», потому что увиденное точно не было просто сном. Послезавтра нам нужно будет в школу, что меня страшит, но папа сделал так, что мы в один класс идём. Чиновники сказали, что им так даже проще, а мне спокойнее, потому что тогда я, если что, Ленку могу защитить.

Почему-то я забываю, что она давно уже в эту школу ходит, весь мой опыт говорит о том, что сестрёнку надо будет защищать от злых людей. Несмотря на всё сказанное, на её радость от школы, внутри меня всё равно живёт страх, и картины прошлого встают перед глазами.

Мы ужинаем вкусной и даже сладкой кашей, которую нам обеим можно. Мама поглядывает за нами, папа чему-то улыбается. Мы все едим одно и то же, потому что папа сказал, что так правильно, а это же папа, он не может ошибаться!

— Мама... — Ленка откладывает ложку, поднимая какой-то очень озадаченный взгляд на родителей. — Я... Я... Я... — она явно не может сформулировать то, что хочет сказать, а внутри меня всё замирает.

— Что, Алёнушка? — наклоняется к ней наша мамочка, внимательно глядя на сестрёнку.

— Я ножки чувствую, мамочка... — почти шёпотом, будто не веря себе, произносит Ленка, заставляя меня улыбаться. — Я их чувствую... Мама!

— Стоп, не паникуем, — привычно отзывается ошарашенный этим известием папа. Я вижу, что он очень удивлён. — Спокойно доедаем и едем в клинику.

Конечно, больница работает даже ночью, хотя у нас ещё не ночь. Папа берёт телефон и кому-то звонит, а мама смотрит на него с такой надеждой, что даже у меня сердце в груди замирает. Сейчас Ленку повезут обследоваться, а я постараюсь не бояться одна. Я не думаю о том, что меня могут взять с собой, потому что какой от меня там прок, правильно?

— Катя, собирайся, — командует мамочка. Вслед за сестрёнкой меня все начали называть так, изменив имя на русский манер. Мне от этого очень тепло, оказывается.

— Но зачем? — удивляюсь я, при этом Ленка буквально подлетает ко мне, обняв.

— Я без тебя не согласна! — сообщает она мне.

— Надо и тебя обследовать, — объясняет мне мама, ставя в тупик.

Что у меня-то может измениться? Ленка уже здоровая, наверное, только этого не знает, а я-то... У меня же сюрпризов не может быть. Но мамочка настаивает, поэтому мы с сестрёнкой укатываем одеваться. Ну, не сами, а с самой лучшей на свете женщиной, конечно.

Учитывая, что нас будут осматривать, то нужны платья, просто чтобы удобнее было, хоть мне и страшно от этого. Мамочка, кстати, видит это, поэтому она решает иначе — Алёнка в платье, а я в каких-то просторных штанах, что меня сразу успокаивает. Непонятно, кстати, почему, но я успокаиваюсь и совсем не боюсь, а мама только вздыхает.

Замечаю, что сегодня совсем не больно. После сна исчезла вся боль, даже старая, тянущая, но, наверное, мне это только кажется, потому что я к ней привыкла. Сейчас главное — сестрёнка, мне очень хочется, чтобы она выздоровела, она же такая хорошая, просто чудо же.

По папе нельзя сказать, что он волнуется, а вот по маме заметно. Ленка выглядит растерянной, поэтому не расцепляется со мной. Я понимаю, что она просто боится поверить, я бы тоже боялась. Но я точно знаю, что теперь моя любимая сестрёнка будет здоровой, а я... Мне уже не страшно, потому что у меня есть они — родители и Ленка. Мне уже совсем-совсем ничего не страшно, потому что я больше никогда не буду одна против всего мира.

— Ну-ка, в машину, — улыбается мама, помогая мне, потому что Ленка устраивается сама, незаметно даже для себя используя ноги.

— Да, мамочка, — киваю я, поднимая руки, чтобы ей было удобнее пристегнуть меня.

Вот тут папа выдаёт своё волнение — он ставит мигающий красным маячок на крышу, и через мгновение автомобиль срывается с места. Мы успеваем проехать всего лишь квартал, когда перед нашей машиной вдруг оказывается мигающий и гудящий полицейский автомобиль, за которым мы и пристраиваемся.

— Полицейские увидели маячок, — объясняет мне мама. — В таких случаях они помогут всегда. Это обычное дело, и пугаться не надо.

— Я не пугаюсь, просто удивилась, — отвечаю ей, держа за руку сестрёнку.

Из-за полицейских мы оказываемся у больницы в мгновение ока, затормозив у самого входа. Из дверей уже выбегают папины коллеги с каталками, куда нас сейчас и переложат, чтобы быстро-быстро обследовать. Каждое изменение в состоянии таких, как мы с Ленкой, — это не только радость, а может значить и что-то плохое, но я знаю, что в этот раз не значит, потому что мне же обещали.

Кардиограмма, длинная труба томографа — я всё это помню по тому времени, когда была Ленкой, поэтому не удивляюсь. Зато удивляются врачи, даже очень сильно и эмоционально. Одно исследование следует за другим, у нас берут кровь, все носятся, нервничают, а мы ничего не понимаем. Ни я, ни Ленка.

— Не видел бы снимок только вчера... — какой-то доктор показывает что-то папе на рентгеновском снимке.

— Таля, что? — спрашивает мама. Она папу так называет, только почему, я не знаю.

— Любимая, иди сюда, — мягко произносит папочка. — Ты только посмотри!

— Но это же чудо... — мама готова заплакать, а я обнимаю Ленку, улыбаясь.

Моя любимая сестрёнка теперь здорова, совсем-совсем, только ей нужно будет, наверное, заново учиться ходить. И дышать ещё... И не бояться без коляски. Но она точно здорова, поэтому я счастлива. Что может быть лучше этого? Ленка сможет бегать, прыгать, лазить по деревьям не боясь того, что однажды сердце остановится. Теперь она сможет без боли кушать что угодно! Разве это не счастье?

Наверное, такие моменты и вспоминаются потом всю жизнь. Слёзы на глазах родителей, слёзы облегчения, слёзы счастья... Страшное напряжение, страх за своего ребёнка сейчас уходит, медленно отпускает и мамочку, и папочку. Они смотрят на результаты обследования и не могут в них поверить, ведь случилось настоящее чудо. Но папа показывает, что он умеет держать себя в руках, поэтому нас с Ленкой, пересаженных уже в коляски, завозят в отдельную палату, где нет никого. Я даже чувствую, как дрожат мамины руки, так она волнуется.

— Алёнушка... Катенька... — очень ласково начинает говорить с нами мамочка, но потом голос её прерывается. Она оглядывается на папу, который сразу же её обнимает.

— Случилось чудо, девочки, — я слышу слёзы в папином голосе. — Вашей болезни больше нет.

— Как нет? — ошарашенно спрашиваю я, потому что про Ленку я знала же, а меня... Получается, Он вылечил и меня?!

— Вот так, — вздыхает папа, — обследование и анализы очень хорошие, просто поверить трудно. Вы здоровы, но совершенно не тренированы, поэтому вам нужна реабилитация. То есть надо тренироваться и привыкать к тому, что всё позади.

От этой новости, от огромного, невообразимого счастья, я теряюсь, просто не зная, что мне делать. Алёнка вцепляется в меня, и мы просто ревём, как маленькие... Мы плачем так, как будто обе хотим выплакать свой страх, боль и всё то прошлое, почти лишившее нас детства. Мы плачем, а нас обнимают, давая выплакаться, самые лучшие на свете люди.

Реабилитация, конечно, не начинается мгновенно. Ведь нам самим надо сжиться с мыслью, что всё уже позади. И родителям надо, поэтому даже кислород у нас пока не забирают. Мама и папа решают, что сначала мы походим в школу, а там будем постепенно учиться быть здоровыми. Я привыкла к боли, Ленка — к тому, что ног нет и нельзя нервничать, поэтому нам сначала надо привыкнуть к своему новому состоянию.

Первые изменения я вижу прямо с утра — нам меняют бандажи на руках. Они теперь не фиксирующие, а стягивающие. Мама объясняет это тем, что теперь не нужно фиксировать, а достаточно только поддерживать. Я принимаю это объяснение, потому что пока не больно, я согласна на всё. Главное для меня — мамочка и папочка улыбаются, а Ленка вообще счастлива.

Это мало кто сможет понять, наверное — как важно, например, почувствовать, когда хочется... в туалет, избавиться от подгузников, ощущать себя живой без зависшего над головой дамоклова меча. Без угрозы смерти в любой момент, без боли, без... Очень много этих «без», поэтому почувствовавшая себя освобождённой сестрёнка сейчас уже планирует, что будет делать, когда полностью выздоровеет.

— Катя, — строго говорит мне мама, будто прочитав мои мысли, которые я стараюсь подавить и прогнать. — Тот факт, что ты наша дочь, никак не меняется от наличия или отсутствия болезни. Ты поняла?

— Сестрёнка думала, что от неё?.. — Ленка сразу же начинает меня обнимать, а я просто плачу, потому что мамочка угадала глубинные мои мысли. — Ты навсегда сестрёнка! Ты меня столько раз спасала! Ты же... ангел...

— Уже нет, — тихо отвечаю я ей, но Ленка не унимается.

Она громко рассказывает маме о том, что я её спасла, ну и о том, что я — ангел, а наша мамочка слушает это с доброй улыбкой. Она кивает и переживает, при этом ничуть не обманывает... Но не может же она на самом деле в это поверить?

— Очень интересная история, — кивает мамочка, погладив Ленку. — И, главное, всё объясняет. Но раз Катя выбрала нас, а не крылья, значит, она наша. Правильно, Катя?

— Да... — шёпотом отвечаю я, чувствуя, что опять заплачу.

Я сегодня и вчера как-то слишком много плачу, как плакса какая-то. Мамочка никак не показывает, что не поверила Ленке, отчего у нас обеих создаётся ощущение, что она это и так знала. Я думаю поговорить с мамой попозже, потому что она какая-то слишком спокойная для этих новостей, но это оказывается лишним, потому что чуть позже у меня появляется возможность случайно услышать разговор родителей.

Мамочка посчитала весь рассказ сказкой, придуманной Ленкой, чтобы обосновать какие-то свои идеи. Из разговора мамы с папой я узнаю, что сестрёнка рассказывала им обо мне, очень сильно плакала оттого, что я ушла вместо неё, и все уши прожужжала маме и папе ангелом Катрин. Родители поэтому посчитали, что это просто сказка, в которую я вписалась. При этом мамочка очень радовалась тому, что я не возражала, когда Ленка рассказывала, и это заставило меня улыбнуться.

— Значит, котёнок считает, что Катя — та самая Катрин... — задумчиво произносит папа. — Что же, это, скорее, хорошо, не будет ревности.

— Учитывая, как Алёнка её приняла, — хмыкает мама. — Вот и хорошо, что они подружились. Катю-то целенаправленно калечили... Надо отогревать.

— Она сразу ко мне потянулась, как будто узнала, — в папином голосе сомнение. — Кто знает... Но пока принимаем за вариант.

— Вот и хорошо, — отвечает ему мамочка, а я быстро откатываюсь в комнату.

Получается, что родители и поверили, и нет, но никаких последствий от этого не будет. Это, по-моему, хорошо. Значит, меня не бросят оттого, что я выздоровела. Я верю мамочке и папочке, но уже видела таких разных людей, что страх всё-таки есть где-то внутри. Ну вот, теперь я могу успокоиться и больше об этом не думать. У меня есть мамочка, папочка и сестрёнка. И плохого больше не будет, поэтому надо зайти в церковь и сказать Ему спасибо. Ну, так положено, чтобы в церкви, хотя Ему, по-моему, всё равно, где люди Его благодарят.

«Реабилитация» у нас начинается с дыхания. Папочка учит нас обеих правильно дышать и понемногу шевелиться. Потому что быстро можно только «в угол», а для того чтобы забыть о болезни, поспешать надо медленно. Это, по-моему, правильно, потому что страшно, когда что-то резко происходит. А ещё нас водят гулять.

Вот тут и начинаются проблемы — мне страшно. Много людей вокруг, детская площадка, да и просто прохожие — и мне становится страшно. Не понимаю, почему, но не могу себя контролировать. Я просто дрожу в коляске. Мне кажется, что каждый высматривает возможность меня ударить, перевернуть коляску, напасть.

— Мама! — выкрикивает сестрёнка. — Кате страшно!

И сразу же меня обнимают руки мамы, вставшей так, чтобы закрыть меня ото всех. Я утыкаюсь лицом в её платье, чувствуя, что сейчас просто разрыдаюсь. Мне так страшно, как никогда, кажется, не было. Куда-то девается умение держать себя в руках, даже молитва не помогает — я не могу на ней сосредоточиться...

— Тише, маленькая, тише, — гладит меня мамочка, и от её ласки хочется плакать ещё сильнее. — Сильно мучили нашу Катрин, — вздыхает она. — Вот и страшно нам...

— Мамочка, пойдём домой? — предлагает уже что-то понявшая Ленка.

Мама, наверное, кивает, поэтому мы начинаем движение. Она просит меня закрыть глаза, и я послушно делаю это. Действительно становится легче, ещё и сестрёнка гладит меня по руке. Я же пытаюсь понять, почему мне стало вдруг так страшно, и не могу. Мне кажется, что этот страх неправильный, как будто он навеян откуда-то извне, но такого быть не может, я знаю это. Значит, я испугалась того, что могут опять начать издеваться? Или нет? Ведь рядом мамочка, сестрёнка, разве они позволят?

И вот только задумавшись об этом, я, наконец, понимаю, чего именно испугалась. Вовсе не того, что на меня нападут, я испугалась того, что не смогу защитить мамочку и сестрёнку. Но почему, почему я думаю, что на них могут напасть? Надо спросить родителей, потому что я не понимаю себя, а они же родные, они подскажут. Ведь подскажут же, да?

# ГЛАВА ДВАДЦАТЬ ТРЕТЬЯ

Ничего плохого случиться не может, — повторяет папа, останавливаясь на специальной парковке возле школы. — У вас есть кнопка, если что — нажимаете её. Понятно?

— Понятно, папочка, — послушно соглашается Ленка, а я просто киваю.

Чтобы я не боялась, папа купил нам специальные часы. Они теперь у каждой из нас на руке. Кнопка у них одна — тревожная. Если что, нужно на неё долго нажать, и тогда приедет и папа, и полиция, и вообще все, наверное. Папа очень внимательно выслушал маму и меня тоже, сказав, что он так и думал. Теперь вот часы есть, чтобы на помощь позвать, потому что «проблемы должны решать взрослые, иначе зачем они нужны» — так папа говорит.

Нас выгружают из машины. Несмотря на то что болезнь и у меня, и у Ленки уже ушла, но мы всё равно ещё в колясках — реабилитация только началась, а спешить нам некуда — так папа говорит, а он точно знает, как правильно. Я верю в то, что меня не выкинут, потому что это мамочка и папочка, но всё равно жду «серьёзного разговора», а его всё нет. Мамочка говорит, что я — дооченька! За одно это я согласна на всё на свете! Даже на школу, хотя страшно так, что просто не сказать как.

Сестрёнка знает, что мне страшно, но она не волнуется, а гладит меня по руке, успокаивая. Хотя я её старше, но иногда кажется, что намного моложе, ведь я не знаю ничего, кроме боли и унижений... А то, что было раньше, когда я была Ленкой, кажется сейчас просто сказкой.

— Здравствуйте, — к нам подходит миловидная женщина, от которой я в первый момент шарахаюсь.

— Не бойся, — тихо говорит мне сестрёнка. — Это фрау Штольц, она сопровождает нас в школе.

— Здравствуй, Ленхен, — улыбается Ленке эта женщина, получая в ответ такую же улыбку, а потом поворачивается ко мне: — Здравствуй, Катрин, меня зовут фрау Штольц. Я буду следить за тем, чтобы вас никто не обидел и чтобы вам обеим было комфортно. Будем дружить?

Я осторожно киваю, потому что, как оказалось, опасаюсь почти любого постороннего взрослого. Папа прощается с нами обеими, а я кладу руку на джойстик, потому что у меня теперь такое же кресло, как и у сестрёнки. Папа решил, что так будет правильно. Я готова въехать в новую жизнь, ведь я верю родителям. Пожалуй, только им и сестрёнке я верю.

Фрау Штольц очень внимательна, она открывает нам двери кнопкой. Тут, оказывается, есть кнопка для открывания дверей, и лифт есть ещё, поэтому не надо думать, как попасть наверх. Новый концентратор даёт мне возможность дышать, потому что пока мои лёгкие не готовы делать это самостоятельно, и у Ленки такой же. Лифт поднимает нас на второй этаж — в Германии он называется первым, что я помню, а затем мы въезжаем в новый класс под прицел глаз учеников.

Здесь нет равнодушия. С Ленкой радостно здороваются, а затем окружают нас, и это кое-что мне напоминает. Первые дни в «школе ангелов» мне это напоминает, заставив всхлипнуть. Но теперь я не одна, а это — не интернат, поэтому можно не бояться. Я же не боюсь? Бояться здесь не надо, меня мамочка и папочка в этом убедили... Я знакомлюсь с новыми одноклассниками, которые совсем не стремятся меня оскорбить, ударить или задрать юбку, они улыбаются и очень по-доброму со мной разговаривают, отчего я почти плачу. Но вот почему они так?

— О тебе передача была по телевизору, — объясняет мне фрау Штольц, заметив моё недоумение. — Твою историю знают многие, дети сочувствуют тебе, поэтому никто не причинит тебе вреда.

— Они будут смеяться? — тихо спрашиваю я, хотя подобного вроде бы не замечаю.

— Нет, что ты, — улыбается сопровождающая нас в школе женщина. — Это хорошие, добрые и воспитанные дети, они будут помогать.

Я ей доверяю, потому что вспоминаю, что у меня же была уже сопровождающая... Правда, она со мной в туалет не ходила, где меня могли и побить, но фрау Штольц сразу же показывает мне, где находится специальный туалет для меня с Ленкой. У неё ключ от этого туалета, поэтому меня никто не может там подстеречь, да и ворваться внутрь тоже. В этой школе, кажется, предусмотрено вообще всё, поэтому я чувствую себя очень комфортно.

Со звонком в класс входит учительница и... Я поражаюсь её взгляду — в нём нет равнодушия, брезгливости, злости. Она очень добро улыбается классу и даже мне! Начинается урок, в течение которого я всё-всё понимаю, меня хвалят, и этот факт ни у кого не вызывает злости. Самое главное — я начинаю понимать, что стала как будто младше.

Пока мне надо было выживать, я была взрослее, а сейчас будто уменьшилась, и это немного пугает. Всё так же горит огонёк в моей душе, всё так же успокаивает молитва, но мне кажется, что я одного возраста с Ленкой, а иногда даже моложе. Почему-то страхи всплывают неожиданно, но вокруг, как контраст всему тому, что я уже пережила — добрые, хорошие, понимающие люди. Это необычно, и хочется верить, что всё плохое действительно закончилось.

Утомляюсь я, правда, почему-то быстро, даже слишком. Урок едва-едва переваливает за середину, когда я понимаю, что больше не могу — сейчас или усну, или сознание потеряю. Я борюсь с собой, стараясь слушать дальше, но усталость наваливается с новой силой, почти лишая меня возможности соображать. Я уже почти в панике от этого, но тут Ленка замечает моё состояние и резко поднимает руку. К нам немедленно подходит фрау Штольц.

— Что случилось? — негромко спрашивает она. Учительница же никак не реагирует на происходящее, отвлекая от нас внимание других детей.

— Сестрёнке нехорошо, — спокойно сообщает Ленка. — И я, кажется, устала.

— Утомились, — кивает фрау Штольц. — Ну-ка, давайте в уголок отдыха.

Ленка знает, что это значит, поэтому выезжает из-за стола, а я... я, кажется, совсем уже ничего не могу делать, но женщину это не смущает. Она отключает тормоза коляски и вывозит меня из-за стола. Перед глазами всё плывёт, я чувствую нарастающую слабость, даже пугаться которой у меня нет сил. Холодно почему-то не становится, только немного труднее дышать.

— Не надо проявлять героизм, — укоризненно произносит фрау Штольц, что-то переключая, отчего дышать становится легче. — Здесь это никому не нужно.

Мы оказываемся в углу класса, где стоят специальные кресла-подушки, куда и меня, и Ленку укладывает эта необыкновенная женщина, по очереди вынув нас из колясок. Я ещё пытаюсь сопротивляться слабости, но силы быстро покидают меня. Точно что-то чувствуя, Ленка обнимает меня, отчего я выключаюсь, как будто поворачивают тумблер.

— Да, этого мы не предусмотрели, — согласно кивает папа, вызванный в школу. Ему фрау Штольц позвонила, когда увидела, что я совсем слабая.

— Я больше не буду, — пытаюсь я извиниться, что вызывает недоумение и у фрау Штольц, и у Ленки, и у папы.

— Катя, тебе не за что извиняться, — мягко объясняет мне папочка по-русски. — Твоё быстрое утомление — это обычное явление. Много эмоций, много переживаний, а уход болезни ещё не значит, что ты полностью здорова.

— А почему? — удивляюсь я.

Ну, Ленка-то уже долго в коляске и привыкла к ней, а я же недавно совсем, почему тогда я так утомляюсь? Это непонятно, оттого немного пугает. Но ещё больше пугает моя «малышовость», потому что как же я Ленку, если что, защищу, если сама реагирую как маленькая.

— Потому что для твоего сердца и лёгких пока ещё ничего не изменилось, — объясняет мне папа. — Вас обеих надо медленно и спокойно реабилитировать, а пока отправимся в клинику, посмотрим...

Несмотря на то что уроки ещё не закончились, папа забирает Ленку и меня с собой, при этом все вокруг реагируют так, как будто это правильно. Мне подобное непонятно, поэтому я думаю расспросить Ленку и папу попозже. Слишком много непонятного оказывается, и слишком это непонятное пугает. Такое ощущение, что раньше я была на тёмной стороне мира, как в аду, а сейчас — раз! — и на светлой, как будто в райском саду поселилась.

— Я как будто младше стала, — жалуюсь я папе, на что он меня просто гладит.

— Это потому, что мы тебя любим, — объясняет сестрёнка. — Тебе больше не надо выживать и драться, тебя любят и защищают, поэтому ты можешь быть маленькой.

Интересно, она-то это откуда знает? Наверное, родители разговаривали, а Ленка услышала, вот и повторяет. Но от её слов становится так тепло и хорошо, что я её просто прижимаю к себе, несмотря на ремни. Сейчас мы едем в больницу, чтобы нам рассказали про дыхательную гимнастику и про обычную тоже, потому что надо же заниматься правильно, чтобы потом опять начать ходить.

А пока мне не очень даже дышится, что там о ходьбе говорить-то...

Получается, обретя дом и родителей, я получила и уверенность в том, что не бросят, а если не бросят, значит, защитят... А получив уверенность, вдруг стала маленькой, и, кажется, это нормально. Кажется, мне больше не будут делать больно... Надо будет всё-таки поговорить, потому что себя маленькую я воспринимаю с трудом. Интересно, а что я делала, когда была маленькой? Нормально ли то, что я этого не помню, как будто сразу после рождения в школу пошла, где меня обидеть хотели? Ну и я их обижала... Наверное, тогда ещё те «родители» не хотели меня предать...

— Алёнка права, — замечает папа, когда автомобиль останавливается. — Ты просто расслабилась, доченька, поэтому тебе кажется, что стала младше. Теперь тебе есть на кого опереться, но бояться этого не нужно.

— Я поняла, — киваю я, помогая Ленке. — Значит, теперь всё будет хорошо...

Папа говорит, что теперь для нас с сестрёнкой начинается самое сложное время, но, по сравнению с тем, что было, это точно не самое сложное. Если вспомнить все мои страхи и одиночество, сейчас наступает самое простое, потому что рядом родители, а ещё — добрые, понимающие доктора, и учителя, и ученики ещё... И никто-никто, вот совсем никто не хочет нам сделать плохо. Не желает перевернуть Ленкину или мою коляску или сделать ещё что-то плохое. Я просто чувствую себя так, как будто нахожусь в крепости с толстыми стенами, защищающими меня от внешнего мира.

Мы въезжаем уже знакомым мне маршрутом в больницу, но едем не к папе, а в другое совсем место — на этаж выше. Большая надпись «Физиотерапия» мне незнакома, и что это такое, я просто не знаю. Навстречу выходит тётенька в белом в цветочек наряде, сразу же приглашая следовать за ней. Мне жутко интересно, и почему-то никакого страха нет. Совсем нет, будто бы и не было никогда!

— Сейчас мы с вами немного поиграем в песочке, — сообщает эта женщина, удивляя меня, но почему-то совсем не удивляя Ленку.

Передо мной оказывается большая глубокая миска, полная песка. Сестрёнка быстро объясняет мне, что нужно делать: оказывается, в песке спрятаны фигурки, и их нужно найти! Это такая игра, и даже приз есть: кто больше найдёт, тот получит конфету! Я заинтересовываюсь, а папа аккуратно снимает бандажи с моих рук, а потом и с рук сестрёнки. Мне немного страшно — я боюсь боли, но её нет, поэтому я просто погружаю свои руки в песок, начиная там копаться. Ленка рядом занимается тем же.

Сначала мне кажется, что нас обманули и никаких фигурок тут нет, но потом рука нащупывает что-то, и я вытягиваю на белый свет лошадку. Она совсем простая, но это первая фигурка, которую я могу взять в руки без боли, поэтому и трачу несколько минут, чтобы получше разглядеть её, а потом с новыми силами начинаю просеивать сквозь пальцы песок, чтобы найти ещё.

Руки, конечно, устают, но песок тёплый и приятный на ощупь — и боли нет, что очень меня радует. После того как и Ленка, и я получаем по конфете, нужно отдохнуть и позаниматься ауто-тре-нин-гом! Это такой отдых, когда закрываешь глаза и представляешь себя то деревцем, то озером, то ещё чем-то... От этого занятия я действительно отдыхаю, даже, по-моему, на мгновение уснув и испугавшись в первый момент, но ругать меня никто и не думает.

— Вы отлично поработали, — улыбается нам тётенька доктор, отпуская с папой.

— А мы ещё сюда приедем? — сразу интересуется Ленка у папы.

— Конечно, котёнок, — папа тоже улыбчив и спокоен, отчего и я не собираюсь нервничать.

— А что мы сейчас делать будем? — спрашиваю я, немного растягивая гласные.

Вот тут оказывается, что мы сначала поедем домой, а потом двинемся гулять, только не на площадку, а куда — я не поняла. Мне как-то очень спокойно на душе, ничего не тревожит, и чувствую я себя сейчас счастливой. Мы с Ленкой сделали сегодня первый шаг, сколько их ещё впереди? Папа обещает нас ещё к психологу сводить, когда будем уже ходить, чтобы от коляски отвыкнуть. Я понимаю, почему он так говорит, но ничего с этим сделать не могу. Мне действительно кажется, что вместе с коляской исчезнут и родители, и Ленка.

Я понимаю, что так думать плохо и неправильно, но оно само так думается, я не виновата. Но мамочка и папочка как-то понимают, что оно само, и не ругают меня, отчего я чувствую себя счастливой. Даже несмотря на временами появляющийся страх, я все равно счастливая.

# ГЛАВА ДВАДЦАТЬ ЧЕТВЁРТАЯ

Сестрёнку и меня очень медленно поднимают из колясок, отчего я зажмуриваюсь. Очень страшно ожидать боли, но её нет, совсем нет, поэтому я осторожно открываю глаза. Кажется, что я нахожусь на очень большой высоте, поэтому мне немного страшно, а сестрёнка вообще сейчас плакать будет. Я вижу её наполненные слезами глаза, поэтому отцепляюсь от маминых рук, чтобы обнять Ленку.

— Я стою... Я... ножки... стою... — тихо шепчет она, будто не может поверить в это.

А мама плачет, и папа, кажется, тоже. Я обнимаю свою самую-самую любимую сестрёнку, понимая, что сдержаться невозможно, просто невозможно удержать в себе счастье от того, что я могу стоять без боли! Поэтому мы плачем вдвоём, стоим в обнимку и плачем от счастья. Просто невыразимого счастья! Нас обнимают мамочка и папочка, отчего я просто не могу выразить своих эмоций, выходящих сейчас слезами.

Проходит совсем немного времени, и начинается... Сначала наши ноги сгибают родители, потом нужно этому сопротивляться, потому начинается уже и гимнастика. Для рук, для ног — чтобы начали работать наши мышцы, так папа объясняет, а он точно знает, как правильно. И вот, спустя несколько недель, переглянувшись с сестрёнкой, я делаю первый шаг.

Мой первый шаг после очень долгого перерыва! Ноги не хотят идти, они дрожат, подгибаются, но я всё равно иду. И Ленка идёт, цепляясь за меня. Шаг за шагом, хотя это очень тяжело, но мы идём... Родители страхуют нас, а мы идём. Сами! Счастливая Ленка, счастливая я. Это временами больно, временами очень тяжело, но мы идём.

— Может, ну его? — тихо спрашивает плачущая от боли в натруженных мышцах сестрёнка. — В коляске же жить можно...

— Нельзя отчаиваться, — улыбается мама, успокаивая нас во время массажа.

Это больно, конечно, мышцы-то отвыкли напрягаться... А ещё есть дыхательная гимнастика, отчего даже я иногда впадаю в отчаяние. Хочется плакать, но я держусь. Мне очень надо держаться, чтобы ходить, чтобы, может быть, даже бегать, чтобы радовать мамочку и папочку. Мне очень важно радовать родителей.

И вот когда я устаю так, что больше, кажется, нет сил,

папочка что-то вспоминает. Он внимательно смотрит на меня, а потом и на Ленку, как будто что-то решает, хотя уже всё решил, я же вижу! Но взгляд у него становится слегка хитрым, таким, что мне очень любопытно, о чём он думает, даже несмотря на то что я сейчас, кажется, усну — так устала.

— Поехали, — переглянувшись с мамой, сообщает папа. Она вопросительно поднимает бровь, но тут же кивает, отчего у меня возникает ощущение, что родители умеют мысленно переговариваться.

Куда именно они собираются нас везти, ни мамочка, ни папочка не говорят, но мы с Ленкой послушные, поэтому спокойно едем туда, куда сказано. Мы ещё в колясках, потому что ходить ещё очень тяжело, а иногда и больно, когда массаж, но я терплю, потому что так нужно, ведь это Его дар. А раз нужно поработать и потерпеть, то нет в этом ничего страшного, и больше же терпела.

— Мамочка... — Ленка решила поговорить, как только мы оказываемся пристёгнутыми. Я знаю, о чём она хочет спросить, ведь сестрёнка же. — Когда мы будем ходить, то...

— Что, доченька? — поворачивается мама к нам.

— Нам нужно будет уезжать обратно? — интересуется Ленка не очень весёлым голосом.

— А тебе этого хочется? — подаёт голос папа.

— Прости, папа, но нет, — качает головой сестрёнка.

— Я тут привыкла, и ещё подруги, и в школе все хорошие, а там...

Там, где Ленка чуть не умерла, это произошло не просто так, я уже знаю это. Родители, правда, тоже знают, потому что я убедила сестрёнку всё рассказать. Её там обижали, за волосы дёргали, а одна учительница невзлюбила её, только и искала, к чему придраться, поэтому в тот день Ленка перенервничала — и вот... А вот почему она не хотела рассказывать, я не знаю до сих пор.

— Нам не нужно будет уезжать обратно, — вздыхает мама. — Тут у нас уже есть работа, у вас — школа, мы обжились и привыкли, а туда можем на каникулах съездить.

— Ура! — улыбается Ленка. — Будем жить здесь!

Я размышляю о том, что Родина — это хорошо, но, побыв нездоровой девочкой, понимаю, что лучше жить там, где для этого есть условия. А если на Родине почему-то нет, то зачем мучиться? Даже Он не одобряет мучения по глупости и ради самих мучений, потому что в Книге совсем не так написано. Одно дело, если так нужно, хотя батюшка говорит, что детям так совсем не нужно, пока мы дети.

Интересно, куда нас везут? Машина уже выскочила на автобан и быстро наматывает километры, а на опустившемся экране, как в том автобусе, для меня и Ленки показываются мультфильмы. Родители точно что-то задумали, потому что очень уж у мамочки улыбка хитрая.

Но нам они не говорят, а только улыбаются, это значит — сюрприз. Интересно, а какой сюрприз может быть сейчас?

Ответ на этот вопрос я получаю совсем скоро — часа через два. Автомобиль сворачивает с автобана, появляются очень красивые плакаты, таких я раньше никогда не видела. Жёлтая табличка с надписью «Руст» показывает начало города, но какого-то необыкновенного — как будто сказочного. Но мы проезжаем дальше, минуя круг, оказываемся на просто огромной парковке. Только тут я замечаю плакат «Добро пожаловать в Европа-парк!» Что это?

— Вот здесь доченьки покатаются на аттракционах, — замечает мама. — Повеселятся и не будут хандрить.

— А что это такое? — не понимаю я.

Ленка замирает, недоверчиво глядя на меня, родители переглядываются. Сестрёнка припоминает всё, что было в моей и нашей жизни, после чего смотрит на папочку немного, по-моему, растерянно. Неужели это что-то такое, что известно всем, и я теперь... Додумать мысль мне не даёт Ленка, молча налетев и крепко обняв.

— Вот сейчас и узнаешь, — мамочка улыбается мне очень ласково, отчего прошлая мысль не додумывается. — Будет тебе даже больший сюрприз, чем мы думали.

— Ты всё-всё увидишь! Тебе понравится! — почти выкрикивает сестрёнка, утаскивая меня за собой, отчего коляска чуть не переворачивается.

Передо мной открывается какой-то очень незнакомый город — прямо над головой проезжают белые вагончики, чуть в отдалении я вижу странные устройства, а вокруг полно детей и их родителей. Мамочка наклоняется ко мне, начиная объяснять, что такое эти «аттракционы». Оказывается, это такие устройства, делающие детям хорошее настроение, по крайней мере, так я её понимаю. Я раньше, конечно, никогда такого не видела, потому что ни у ангелов, ни у демонов такого нет, значит... новый опыт!

Я опять нечаянно подслушиваю. Мы очень сильно устали после парка, сестрёнка уже спит, а я по нужде сходила и, возвращаясь, слышу родительский разговор. Ну как тут удержаться? Поэтому подкатываюсь поближе и начинаю прислушиваться. Сначала мама и папа говорят о том, что мои прежние опекуны были садистами, а потом папа задумывается.

— Всё-таки Катрин меня узнала сходу тогда, — произносит он, в задумчивости посмотрев в окно. — Не потянулась, а узнала, и глаза у неё были такие...

— Какие? — интересуется улыбающаяся мама.

— Как у Алёнки, — отвечает папочка. — Облегчение, счастье, узнавание...

— Ну, дети вполне адекватно всё объяснили, — со

смешком говорит мама. — Не надо задумываться, пути Господни неисповедимы.

Значит, мамочка поверила, а папочка — не очень, но они всё равно меня любят. Значит, не бросят, вот и хорошо. Я улыбаюсь, забыв даже возвратиться в спальню, когда слышу мамин голос. Он звучит совсем рядышком, буквально над ухом, отчего я подпрыгиваю, едва не перевернувшись.

— Тебя никогда больше не предадут, доченька, — тихо произносит мамочка. — Не предадут, не бросят, а будут любить.

— Правда? — кажется, у меня опять жалобные интонации, но вместо ответа меня просто обнимают. Пожалуй, это и есть ответ.

Мама отвозит меня к кровати, помогая залезть, затем гладит и улыбается. У неё такая волшебная улыбка, просто невозможно сказать, какая. Я улыбаюсь в ответ и закрываю глаза, почти мгновенно засыпая. Правда, некоторое время я ощущаю мамину руку, отчего мне становится спокойно. Где-то в глубине души дремлет страх потерять родителей, но он надёжно спрятан, поэтому просто есть. Я же, засыпая, думаю о том, что счастлива, просто счастлива, и всё.

Стоит мне провалиться в сон, и я снова оказываюсь в райском саду. Испугавшись на мгновение, я вижу добрую улыбку дяди Петра, понимая, что мне хотят что-то сказать. У меня возникает ощущение, что я вижу это место в последний раз. Это возможно, потому что тут только ангелы бывают, ну, в этой части сада. А души совсем в другом месте. Я-то ведь уже человек, поэтому здесь быть мне не положено. Но раз я здесь, а крыльев нет, что я проверяю сразу же, то меня не отнимают у сестрёнки и родителей, а просто хотят что-то сказать.

— Здравствуй, Катрин, — улыбается мне дядя Пётр, и я, конечно же, здороваюсь в ответ, как же иначе? — Нам нужно поговорить, но прежде скажи мне — ты счастлива?

— Очень, дядя Пётр, — улыбаюсь я в ответ. — Я очень счастлива — так, как никогда не была, у меня есть самая любимая сестрёнка, мамочка и папочка, и почти совсем нет страха. Иногда бывает, но я справляюсь, потому что молитва помогает.

— Вот об этом я и хотел с тобой поговорить, — вздыхает он, потянувшись погладить меня. Его рука ласковая, но какая-то очень твёрдая, как скала. — Ты стала человеком, и помнить о мироустройстве, ангелах, демонах тебе не положено. Понимаешь?

— Значит, я всё забуду? — мне отчего-то становится грустно, ведь в жизни было не только плохое.

— Не всё, — продолжает улыбаться дядя Петр, ещё раз погладив меня. — Но ты будешь считать это сказкой.

— Я поняла, — киваю ему в ответ, но тут кое-что вспоминаю. — Дядя Пётр, а что стало с Моникой?

— Это твоя школьная подруга? — понимающе хмыкает он. — Она была вынуждена на тебя доносить, но не хотела этого, поэтому осудила себя сама, понимаешь?

— Нет большего судии, чем наша душа, — вспоминаю я, понимая теперь, почему крылья Моники чернели — она сама себя наказывала. — Значит, я вас больше не увижу?

— Кто знает, кто знает, — будто в задумчивости отвечает он. — Ты не потеряешь себя, будешь помнить многое, но и забудешь немало. Твой страх пропадёт, малышка, ты станешь ребёнком.

Дядя Петр ещё немного говорит со мной, но затем, видимо, приходит время просыпаться, поэтому райский сад вдруг пропадает, а с ним исчезает страх из моей души, будто и не было его никогда. Открыв глаза, я чувствую себя дома. Рядом просыпается моя очень любимая сестрёнка, а с завтраком ждёт мамочка, потому что папочка ещё не проснулся, наверное, ведь сегодня суббота.

Мне кажется, я что-то забыла, но вскоре это ощущение пропадает, оставляя меня. Пересев в коляску, я помогаю Ленке сделать то же самое, ведь ей ещё трудно же. А ещё нам надо одеться, умыться, расчесаться. Мы теперь можем сами расчёсываться, это совсем не больно. Даже представить сложно, какое это счастье — делать что-то самой, а ведь сейчас я могу всё-всё делать сама, отчего иногда хочется просто визжать.

Мы умываемся рядышком, так же чистим зубы, а в моей памяти исчезает сказка о демонах и ангелах, остаётся только одна, самая важная — сказка о нашей семье.

О том, как мы боролись все вместе и победили. Именно от этих воспоминаний я и улыбаюсь. Сестрёнка чуть не умерла, мне было непросто, но мы победили и скоро не будем уже зависеть от коляски. Пожалуй, это самое радостное известие, ну, кроме того, что сегодня в школу не надо. Я очень люблю ходить в школу, но и отдыхать тоже, конечно же.

— Поехали? — интересуюсь я у Ленки, когда зубы уже почищены.

— Поехали, — кивает она в ответ. — Сегодня что делать будем?

— Можем... погулять, — вношу я предложение, впрочем, помня ещё, как мне страшно было. Но вот сейчас, когда я представляю себе детскую площадку, то понимаю — совсем-совсем не боюсь. Как будто за ночь я полностью изменилась... Но так же не бывает?

Держась за руки, мы въезжаем в столовую, где нас уже ждут сырники, я по запаху их чую. У нас с Ленкой очень много этих «мы»: «мы въехали», «мы встали», «мы поели». Это потому, что очень многое мы делаем вместе. Чтобы сестрёнка не отчаивалась, чтобы я не грустила — именно поэтому мы есть друг у друга, и этот факт, кажется, очень сильно радует родителей. Вон, как мамочка улыбается, видя нас вместе!

Нас обеих впереди ждёт счастливая жизнь. Болезнь отступила, пропала, или, как говорят врачи, «ремиссировала». Теперь у нас впереди вся жизнь. Ленка не боится уже того, что каждый день может быть последним, я не плачу от боли при каждом движении. Мы свободны. Свободны от боли, от страха, а скоро будем свободны ещё и от концентратора, коляски, оксиметра и кучи других докторских слов. Самое, пожалуй, большое счастье — быть свободной от всех этих приборов. И вот совсем скоро я смогу идти спокойным шагом, никуда не спеша. Не буду зависеть от пандусов и ширины прохода, но что бы ни случилось, рядом всегда будут мамочка и папочка. Люди, сохранившие сестрёнку и меня, спасшие наши жизни — наши родители.

Мы будем учиться в школе, затем, наверное, поступим куда-нибудь, это всё будет, но будет потом, а сейчас у нас завтрак, потом — прогулка, а за ней — массаж, тренировка, опять массаж, потому что реабилитация выходных не имеет. Но я согласна, и Ленка тоже согласна, ведь это же для того, чтобы ходить!

— Девочки, летом мы поедем на море, — спокойно, стараясь не улыбаться, сообщает мама, но она знает, конечно, какой будет реакция.

Наше громкое «Ура!» заставляет посуду дребезжать, даже чуть позвякивать, а мамочка и вышедший на шум папочка смотрят на нас обеих так ласково, так нежно, как только и умеют смотреть настоящие родители. Счастье пришло в наш дом, чтобы не покидать его больше никогда, я твердо знаю это.

## ЭПИЛОГ

Непростая история о том, что для ангела может стать дороже крыльев, закончилась. Девочке Катрин, переставшей быть ангелом, эта история принесла в награду ощущение собственной нужности, семьи и всего того, чего ей так не хватало. Да, на пути её ждали испытания, боль, предательство, слёзы... Кажется, это очень жестоко по отношению к ребёнку, но, если оглядеться вокруг, можно увидеть десятки несчастных детей, которым нужно всего-то немножечко тепла. Может, стоит оглядеться?

Впрочем, заканчиваться эта история могла бы так...

И Ленка, и Катрин самолёт видели впервые. Они уже ходили, иногда, впрочем, оглядываясь в поисках привычной коляски, которая им была уже совсем не нужна, поэтому в аэропорт девочки вошли. Катрин всё не могла забыть, как радовался за них обеих весь класс, когда они, наконец, смогли зайти в кабинет. Тогда на сестёр налетели одноклассники, чтобы просто порадоваться вместе. И было это, по мнению Катрин, волшебно!

Контроль безопасности и посадка удивили девочек, но сотрудники аэропорта, глядя в их документы, только улыбались. Начали улыбаться и девочки, затем войдя в незнакомое им ещё нутро аэробуса. Усевшись у окна, называвшегося «иллюминатором», Катрин и Аленка разглядывали аэропорт, крепко держась за руки. Старшая девочка привычно уже шептала молитву, благодаря Его за очередное чудо.

Самолёт пробежался по взлётной полосе и прыгнул в синее небо, отправляя Катрин и Лену в новое путешествие, полное моря и радости, что им, впрочем, только предстояло узнать. Родители их с трудом отвыкали от необходимости думать о пандусах, проходимости коляски, электричестве для концентраторов, специальных дорожках... Если с Ленкой и Катрин всё было проще — им помогли и психолог, и батюшка, то у родителей просто проявлялся старый страх и привычка.

Море доселе девочки видели только по телевизору, поэтому сразу же оказались переполнены впечатлениями. И хотя они уже плавали в бассейне во время реабилитации, море оказалось совсем другим — тёплым, ласковым и очень солёным, о чём Катрин узнала, как только сестрёнка её притопила, играя. Впереди был целый месяц каникул, игр в песке, плавания до изнеможения и бесконечной радости.

Теперь память девочки хранила яркие, счастливые моменты: и первый шаг, и первый торт, и даже доселе недоступную пиццу. И день рождения, разумеется, как-то вдруг переросший чуть ли не во всеобщий праздник.

Катрин уже и не вспоминала о том, что было когда-то, а от памяти об «ангельской» школе её милосердно избавили. Поэтому она просто жила свою жизнь, чувствуя себя бесконечно счастливой. Никакие горести, плохие оценки, которых у неё, кстати, не было, не могли омрачить её счастья. У неё была семья и огонёк внутри, не болели руки и ноги, хорошо дышалось — что ещё надо?

И сёстры жили, радуясь солнцу, морю, урокам даже и новым дням, новым знаниям, улыбкам родителей. Катрин была счастлива.

*Это история могла бы заканчиваться и так...*

— Всё-таки, почему именно так? — архангел Гавриил внимательно смотрел в глаза тому, кого многие из ему подобных называли просто Отцом.

— Во-первых, вы у меня разленились, — ответил ему собеседник. — Перестали развиваться, в отличие от людей, во-вторых, Люциферу очень надо было дать попробовать, в-третьих, просто так было нужно.

— Но девочка могла обрести счастье, и оставаясь ангелом? — не понял архангел, на что грустно улыбнувшийся Отец просто показал ему.

Погибшая в людском мире девочка стала ангелом, как это и было положено чистой душе. Но в этом своём воплощении она очень хотела маму и папу, настолько сильно, что это её желание стало частью души ребёнка. Став ангелом, она просто не приняла других, не понимавших, что ей надо. Впрочем, ангел Катрин и сама этого не понимала. Далеко не всякий погибший ребёнок способен не просто стать, а быть ангелом, иногда милосерднее дать ему второй шанс. Но Катрин не получила второго шанса, зато второй свой шанс получил Люцифер, но не справился. Дело не в том, что этот факт мог стать сюрпризом для того, кого архангелы звали Отцом, вовсе нет. Люциферу нужно было убедиться самому в том, что внешняя оболочка внутренней сути не означает.

На долю совсем юной души выпали тяжёлые испытания, но и награда соответствовала. Ибо сама суть награды в том, как её принимает душа. Кому-то великая награда — кусочек хлеба, а кому-то и горы золота покажется мало. Катрин очень хотела семью и покоя, но кроме того ей надо было научиться различать видимость и данность, а для Него каждая душа бесценна. Её опыт, её развитие, её чистота... Так случилось с Катрин.

Правда, в Его замысел внёс свою нотку и Сын, тяжело переживавший происходящее среди людей и потому руками Катрин наказавший тех, кто заслуживал наказания, ибо Ему вершить свой собственный суд над равнодушными людьми, готовыми принести в жертву ребёнка, было ещё не время. Однажды это время настанет... А пока юная душа, носящая имя Катрин, да будет счастлива.

И будто откликаясь, откуда-то из людского мира донёсся голос девочки, благодаривший за это счастье. Было от чего улыбнуться.

*Или так могла бы закончиться эта история...*

Счастливая Катрин выскочила из здания университета, возле которого её уже поджидали папа с мамой и сестрёнка, освободившаяся прямо перед ней. Волнующиеся за успех дочерей родители встретили её вопросительными взглядами, хотя Алёнка всё поняла сразу, радостно заулыбавшись.

— Да! Да! Да! — закричала Катрин. Навстречу ей кинулась сестрёнка, и девушки закружились перед обрадованными родителями.

С отличием окончив школу, Катрин и Ленка решили

поступить в медицинский университет, чтобы лечить и спасать детей. Родители, коих девочки почитали едва ли меньше, чем святых, помогали им всем, чем могли, даже устроив практику в больнице. Так сёстры узнали работу медсестёр, разобрались в сложной медицинской документации, получая огромное удовольствие от работы с детьми.

— Скоро мы докторшами станем, — хихикнула Ленка, обнимая сестру.

— Ну, не так чтобы очень скоро, — рассудительно заметила Катрин.

Действительно, впереди их ждали шесть лет учёбы, падения и взлёты, но с девушками рядом всегда были мама и папа. Каждый день они были рядом, готовые поддержать и помочь.

Пролетали дни, и вот однажды, прогуливаясь вокруг университета, девушки повстречали близнецов. Карл и Дитрих в университете были довольно известны — молодые люди практически не расставались, отчего девушкам встречаться с ними было сложно. Но вот Катрин и Ленка обрадовались этому, ведь сёстры тоже предпочитали не расставаться. Потянулись месяцы встреч, чувств, расставаний и слёз, но Катрин дорожила каждым мгновением этой жизни, каждой её минутой, потому что было это прекрасно.

Моменты учёбы, зачастую сложной, откладывались в памяти девушки, бывшей когда-то ангелом. Практика и одновременно с этим дела сердечные. Впрочем, Карл полюбил девушку так, как будто кроме неё на свете вообще никого не существовало. Катрин отвечала ему тем же, но в сердце девушки всегда были мама, папа и сестрёнка. Надо сказать, молодой человек восторгался таким отношением к семье, подозревая, что и своих детей любимая воспитает так же.

Романтические дела совсем не мешали учёбе, поэтому у сестёр диплом получился с отличием, а свадьбы тоже не задержались, начиная тем самым новую, счастливую жизнь...

Но на самом деле конец истории случился, когда в отделение привезли «симулянтку». Восьмилетняя девочка, от которой отказалась родная мать, потерянно оглядывалась по сторонам, не понимая, за что с ней поступили именно так. Её следовало передать чиновникам, но в этот день дежурила Катрин, потому что любимая сестрёнка готовилась родить младшего сына.

Молодая женщина рассматривала документы недавно поступивших, когда её взгляд зацепился за слова «талантливая симуляция болевого шока» в заключении психиатра. Моментально припомнив своё прошлое, Катрин рывком поднялась на ноги. В симуляцию болевого шока педиатр не верила, поэтому, скорым шагом пройдя по отделению, доктор зашла в палату, где сразу же испытала острое чувство дежавю: казавшаяся совсем малышкой девочка была испугана, а ещё ей было больно, и Катрин видела это.

— Привет, — улыбнулась доктор, подходя поближе. — Меня Катрин зовут, а тебя?

— Моника... — почти прошептала девочка, с затаённой надеждой взглянув в лицо Катрин.

Девочка, от которой по неизвестной пока причине отказались родители, действительно походила на «школьную подругу» Катрин, но так как от памяти об «ангельской» школе женщину избавили, то ассоциаций у неё не возникло. Хотя, кто знает? Всё-таки когда-то она была ангелом, да и теперь её часто так называли, заставляя смущаться. Ведь Катрин была очень доброй докторшей, любила детей, и они это чувствовали.

— Привет, Моника, давай дружить? — предложила женщина, на что девочка осторожно кивнула.

Что болело у малышки, удалось установить довольно быстро, ибо эти симптомы Катрин, разумеется, знала. Помочь ребёнку было можно, поэтому, разговорив Монику, женщина занялась работой. Мази, ортезы, затем коляска — и кардиология. Всё это было хорошо понятно Катрин, ибо когда-то с ней происходило ровно то же самое. Стоило доверившемуся ей ребёнку уснуть, и Катрин взялась за трубку телефона.

— Карл, приезжай, пожалуйста, в больницу, — тихо попросила она. — И Хелен с собой возьми, хорошо?

Старшую дочку, конечно же, звали так же, как и любимую сестру, а младшую — как маму, но младшая сейчас была ещё в яслях, поэтому её привозить не стали, а решение, которое приняла Катрин, требовало согласия членов семьи. Всех членов семьи, потому что иначе женщина просто не умела.

Впрочем, знавший историю Катрин Карл всё понял и так, лишь взглянув в глаза своей бесконечно любимой жены. Он улыбнулся, поудобнее устроил на руках дочь и кивнул женщине:

— Показывай.

— У неё нет никого... уже... Понимаешь? — попыталась объяснить Катрин, но объяснения, похоже, и не требовались.

Глядя на спящего ребёнка, Карл понимал — его любимая иначе поступить и не могла. За спинами членов семьи уже было появилась хорошо знавшая докторшу чиновница, но решила подождать. Она предполагала, что именно сейчас случится, и считала это правильным.

Медленно открылись глаза Моники, ладонь Катрин сразу же ласково погладила чёрные короткие волосы девочки, которая рефлекторно потянулась за такой ласковой рукой... Это многое сказало не только мужчине, но и их дочери, немедленно всхлипнувшей.

— А кто это? — поинтересовалась Хелен.

— Это твоя сестрёнка, доченька, — объяснил ей Карл. — Будем дружить?

— Да-а-а! — воскликнула семилетняя девочка, сидевшая на папиных руках. Она потянулась к Монике, плюхнулась к ней в кровать, чтобы немедленно заобнимать.

— Здравствуй, доченька, — очень ласково произнёс Карл.

Непонимание на лице преданной родителями девочки медленно сменялось счастьем. Её поняли, ей поверили и ещё, кажется, любят. Вот просто любят, не за что-то, а прямо с порога, раз — и любят. Этого оказалось слишком много для немедленно расплакавшейся Моники, а чиновница, стоявшая у двери, кивнула сама себе — она не ошиблась.

Проблемы Моники решались очень просто — правильные бандажи, подобранная терапия... Ей не нужна была ни коляска, ни кислород, потому что тип болезни был другим при сходстве симптомов. Девочка любила родителей и сестёр так, что все вокруг только диву давались, а Катрин узнавала в ней себя. Казалось, перед нею сейчас стоит она же, только маленькая, та самая девочка, что за маму и папу была готова отдать не только крылья...

— Мы гордимся тобой, доченька, — сказала мамочка, когда узнала, что сделала Катрин. — Ты поступила правильно.

И это было самой большой наградой — именно эти

слова. А ставшая большей семья жила счастливо, преодолевая печали и радуясь победам, потому что так было правильно.

*Вот именно так и закончилась история об ангеле Катрин, для которой дороже крыльев оказалось тепло семьи... Как и для всех нас, не так ли?*